梦若妍 著

爱不记得我的你

海峡出版发行集团 | 海峡文艺出版社
THE STRAITS PUBLISHING & DISTRIBUTING GROUP | Haixia Literature & Art Publishing House

图书在版编目（CIP）数据
爱不记得我的你 /梦若妍著. —福州:海峡文艺出版社，2012.12
ISBN 978-7-80719-957-1
Ⅰ.①爱… Ⅱ.①梦… Ⅲ.①言情小说－中国－当代
Ⅳ. ①I247.5

中国版本图书馆CIP数据核字（2012）第290221号

爱不记得我的你

作　者	梦若妍
总策划	贺鹏飞
策　划	陈绍敏
责任编辑	李永远
特约编辑	李　娜
出版发行	海峡出版发行集团 海峡文艺出版社
经　销	福建新华发行（集团）有限责任公司
社　址	福州市东水路76号14层　　邮编　350001
发行部	0591-87536797
印　刷	三河市祥达印装厂
印厂厂址	河北省三河市杨庄镇杨庄村　邮编　065299
开　本	640毫米×960毫米　1/16
字　数	125千字
印　张	13.25
版　次	2013年3月　第1版
印　次	2013年3月　第1次印刷
书　号	ISBN 978-7-80719-957-1
定　价	23.80元

如发现印装质量问题，请寄承印厂调换

目　录

一直以来，我痛恨被骗。

被蒙在鼓里的，不该都是我才对。

一直以来，我痛恨被骗。

尤其是被眼前的这个人。

这个他。

楔　子

“怎么了？快吃啊，等一下就要去集合了。”见我丝毫没要动的意思，他笑眯眯地又叉了块特大号杏鲍菇，迅速地塞进我嘴里。

“……”怎么？想一脸和蔼地噎死我是吧？

艰难地咀嚼着嘴里那坨大香菇，我脑袋只剩下空白。

“你……你那女朋友，在我们学校读书吗？”含糊的一句话，就这么从我嘴里脱口而出，意外到连我自己也吓得脸变形。

同样一脸惊讶，他倏地扭头看向我，愣住整整三秒才反应很大地倒吸一口气，还给我装娘地用双手捂住自己下半脸。

“呵呵——难，难难难不成你要找她出来决斗？不！不要为了我打架啊！”

实在受不了的我翻了个大白眼给他，说道：“真的很爱演啊你！”

“嗬——我为你奉献这么多，你现在居然嫌我碍眼？”

看着他双手贴上脸颊、左右摇头的脑残样，我瞬间就咧开了嘴，笑到我整个人都快把自己给对折起来。

“好了，不要笑了啦，”他微扬嘴角，“哦，天啊，你笑点真的很低啊你。”

他伸手一脸混账地揉乱我花了一个早上才整理好的一头鬈发说：“问这干吗？”

为了避免笑出六块腹肌，我勉强憋住笑，并换上一脸认真的表情。

“因为——我好想看看她长什么款嘛。”撒娇意味浓厚，我噘嘴道。

他愣着一张脸，将头歪向了左肩说：“就经典款啊。”

“……”吼，什么经典款？

大概是看我已经做出要翻白眼的预备动作了，他于是摊平右手上下挥动道：“好啦好啦，我带她的照片了，要看吗？”

边掏着牛仔裤口袋里的皮夹，他边问了我这么一句。

我定格了。

下一秒，我慢慢解除自己脸部肌肉的定格，反应过来地开口问：“你……带着她的照片？”

随身带着她的模样，是不是代表他和她的过去，永远都不会过去？

我根本，就怎么也过不去。

“嗯，一直都带着哦。”又补了我这么一句，他神态自然地翻起皮夹。

“……”

应该有着一张令人难以忘怀的脸吧？他的她。心不甘情不愿的，我猜想。

“噢，找到了，找到了，在这里。”将那张看似精心裁切过的长方形相片，从皮夹的夹层中抽出，他看了一眼才舍得递给我。

谁也介入不了的他和她。

看着画面里笑得像新婚夫妻似的他们，简直在向我闪着刺眼炫目的珍贵幸福，忍不住地，我视线开始模糊，模糊，再模糊。

终于。

眼睛失了焦，起了雾。

我长大了才学到，

原来当时那叫作被遗弃的感觉。

Chapter 1

“蓉蓉，我们看个新闻好不好？要不然韩剧也可以吧？”我伸手试着将那个黑色遥控器从她手里拯救出来。

眼睛依然盯着电视机，她皱着眉摇头，甚至还给我嘟嘴！

嘟什么嘴啊！是在那边跟我装委屈吗？这部黑道电影都重看多少遍了，还在看！

简直莫名其妙啊。明明她都可以把每句台词连带伴奏给背出来了，还看！

“可是蓉蓉，这部电影我们真的已经看过N遍了呀，难道不是吗？”将语气放得更软了点，我开始动手设法把她右手的那五根手指从遥控器上扳开。

察觉到我的企图后，她左手在第一时间飞快地扑来支援自己的右手手指，并说道：“那、那那我们再看个第N＋1遍！第N＋1遍就好！拜——托——”

很是无语的我白了她一眼：“最好你下次是不会想看第N＋2遍。”

“不会，不会有第N＋2遍！”急急忙忙摇着她那颗装满暴力幻想的脑袋，她保证道。

我则是微眯着眼，撇撇嘴说：“要是有的话呢？”

“呃——”无助地蹙眉，她转了转眼球才突然露出一副顿悟的样子，弹了下手指讲，“那……那我从此戒酒好了。”

“什么？”闻言，我瞬间瞪圆了眼问，“真的还是假的？”

连看也不看我一眼，她撇了下嘴角又耸耸肩说：“当然嘛，假的。”

眼皮变眯眯眼，我一个不爽，干脆起身挡在电视机前。

“啊——快闪开！许芸芊我警告你哦！闪开！”她连名带姓地警告我，并且还一脸想杀人样左右摇摆着身体，慌慌张张地试着从我旁边看到一丁点儿电视画面，“啊，你走开啦！男主角快被毙了，这段超好看的啊！噢，你闪开一点啦！啊——”

双手叉腰，我摆出一张臭脸道：“我再问你一次，真的还是假的？”

“啊呀，真的啦！真的是真的啦！你告诉我，你那是什么眼神？哦，算了，等我看完电影你再给我说清楚。好了好了，去去！闪开闪开。”

右手向外拨了拨，蓉蓉没礼貌地示意我滚出她的视线范围。

“……”

深深叹了口气，我拖着双脚缓慢移动至电视前那个黑道狂热分子的床前，最后索性把自己给摔入床里。

寄宿在她家已经一个多月了，真难以想象。

她姓林，但不叫林蓉蓉，而叫林可蓉。

不是我故意把她那唯美的名字叫得幼稚又恶心，纯粹只是因为从小叫到大，叫习惯了而已。

从有记忆以来，她就在我身边，像个跟屁虫一样，直到我们都上了小学。

太难忘了，记忆里的那天。

小学一年级开学的第一天，我在学校并没有如期遇见蓉蓉，怀着疑惑的心情我忍到了放学。

被妈接回家后，我第一个念头就是要偷溜到隔壁蓉蓉家去质问她。于是我趁着妈到厨房准备晚餐的时候，蹑手蹑脚地奔到了她家门前又叫又吼。

吼了将近半个小时，喉咙都哑得像变性人之后，我才发现她们全家真的已经一声不响地消失掉了。

当时我是很震惊的，我惊讶蓉蓉前几天说她要离开很久很久，居然是认真的。

……这种事，怎么可以认真？

怀着无法说清楚的感觉，我站在她家门前哭了很久，哭得很丑，但那间空屋里就是没人来开门，没人出来问我是不是来找蓉蓉玩。

后来我长大了才学到，原来当时的那种感觉叫作被遗弃。

当天黄昏，慌张至极的妈妈发现我像个流浪汉一样睡在她家门前，就那么狼狈地让泪液干在脸颊上。

妈于是向我承诺，她每个星期都会帮我写信寄给蓉蓉，寄到蓉蓉的新家，一个叫作市区的地方。

就这么来来往往，我们始终保持着联系。

到现在，我们终于考上了同一所学校，只是因为方便就近折磨对方，看谁先崩溃。

很好，我想是我先。

不是我太低估自己的能耐，因为光这一个多月以来，我们就把刚才上演的那部黑道电影给看了不下二十遍。

当然，不是因为电影频道没电影可播，天天只能播那部黑道电影，而是因为蓉蓉先前不知道是失心病还是怎样，跑去收购了好几部她所谓的暴力美学电影。

真是太好了，其中就有她最喜欢我最不喜欢的那一部。

好吧，其实它也不是有多难看，只是重复看了二十几遍后，我现在一看到它的开头就有跳下阳台的冲动……

正当我还在挣扎着要是蓉蓉她还真为了再看第N＋2遍而戒了酒，我是该直接扑向阳台，还是干脆一头撞死的那个当下，我听见了那夹在电影配乐中的尖锐的门铃声。

实在不想起身的我还是起了身，摇摇晃晃地走向蓉蓉这单身套房的大门。

向外喊道:“谁啊？”

一边这么问着门外的陌生人，我一边责怪起自己，刚才经过蓉蓉时怎么忘了顺便踹她一脚。

“是我。”一个稳重男声传来。

“还有我。”而后的男声则显得过于轻柔细致。

“哦”了一声，我转了转插在小锁上的钥匙并拉开了大锁。想也没有多想。

是不是太没危机意识了点？有时候我会这么问自己，只不过都是我开了大门以后才会想到要问而已。

稳重又极富磁性的男声来自柳树。

没错，他就叫柳树，不用怀疑，姓柳名树，名字跟他本人一样怪。

有时候他的思维逻辑和夸张的行为，还真的会把我吓着。

柳树和我同样大学二年级，和蓉蓉同班但和我不同班。

他，肩膀宽宽、臀骨窄窄，和一般这个年纪的男人差不了多少，但以整体的匀称度和袖子下的肌肉线条来看，套句蓉蓉那腐女的俗话，整个就是爽口好吃不油腻。

我也不知道为什么，撇开他那身材不谈，每次看到他，我就觉得他清秀白净得没距离感，是个文文静静、适合拿卷轴来吟诗作对的文艺青年，即使以上都和他刚好相反。

脸嘛……算大众脸吗？我不知道，我老觉得好像以前在某些地方看过同一张脸长在别人脑袋上。

噢，讲起来好恶心。

至于另一个细致到可以去反串女人的男性嗓音，则是出自望秋之口。

李望秋是他本名，肌肉发达的健美男一个，没瞎的人都看得出来他是体育班的镇班猛男。

脸长得是大多数女性会想冲过去浪吻的类型，粗黑的两道剑眉为他那张脸增添了不少野性美，眼睛不算大，但和语文课本上的古人照片一样细长有神，唇线倒是媚得有点像我前几天才在偶像剧里看到的汪东城。

不过他身高倒是差了柳树一点，真可惜，营养大概都集中到肌肉里了吧，我想。

嗯……说实在的，他那残障型的身材一开始是有点吓着我没错，不过和他对话超过三句之后，我才发现，原来他有一颗有爱的心。

“欸，今天学校不是有社团活动吗，怎么会来？”握着门把，我看着站在门外的两个人问。

“活动刚结束啦。而且根本算不上是什么活动啦，其实今天也只是社团招生而已啊。”望秋边扶着门外的大鞋柜脱鞋，边向我解释。

“噢，好啦，随便啦。”翻了翻白眼，我不耐烦地开口催着，“麻烦脱鞋脱快点好吗？两位先生！是想强迫我开着门，方便蚊子进来咬死我吗？”

自从住进来后，我就发现这里的蚊子只攻击我，我也搞不懂这是什么原因。

明明同样都住在这屋里，蓉蓉就平安无事，而我却被叮得像长了全身荨麻疹。这公平吗？

是我的血比较香醇可口，还是其实住这里的蚊子都爱看那部黑道电影？

“好啦好啦，都脱好了啦，这么猴急。”勾起了右边嘴角，柳树半眯着眼和望秋一起走进屋内。

……又来了，这种夸张行为。

蓉蓉向我解释过，说他们是她的老朋友，很老很老的那种。

“像很老的肉一样，都咬不动了啊！”坐在蓉蓉家附近的咖啡店用餐时，蓉蓉补充道，“再嚼也是没味道的那种感觉啦，相信我。”

“那你干吗还让他们几乎每天都去你家给你嚼？”挑起右眉顺便压下左眉，坐在她对面的我露出一脸轻微的挑衅问道。

在短暂的沉默后，她叹出的那口长气打破了尴尬。

蓉蓉垂下了眼睫、动手搅拌着咖啡中的碎冰，居然还难得语重心长地说：“虽然没味道，但吃了还是能饱啊。”

“哦？真的是这样？”眯着眼睛，我再问。

用鼻孔“叹”了第二口气后，她白了我一眼说：“不然应该怎样，你告诉我？”

“自己想啊，干吗还要我告诉你？哦——是因为想象力匮乏，还是脑汁不足呢？”替她的咖啡加进奶油球，我笑眯眯地问。

而她则是配合性地抿嘴假笑了两声，邪笑着瞪向我说：“怎么搞的，你车祸之后就变得越来越爱说了呢？”

“谁知道，”耸了耸肩，我挑眉回答道，“潜力终于被激发出来了吧。”

老实说吧，当时我是真的以为她和他们之间有什么纠结之类的，而我很不爽她居然连我也要骗。

一直到最近我才发现，他们三个之间好像真的不是那么回事。

在逐渐习惯和他们三人共同相处后，呃——还是该解释成我逐渐习惯介入他们三人？

或许他们不会希望我这么认为，但无可否认，再怎么说，再怎么看，再怎么想，都多多少少会与这种说法有所联系，无论是谁都一样。

但令我惊讶的是，他们三人之间到底还是不如我原先的假设。

当我渐渐开始主观地认为我已全然融入他们三个的诡异状态后，我才发现以下这类对话，原来时不时就会重新上演一次。

“李望秋你可以停止吗？”露出一副忍无可忍的样子，蓉蓉几近抓狂地对着那位正在刷洗她浴室的肌肉男大吼道，“你知道你自己是男生吗，还是我现在说了你才终于发现？”

“怎么搞的，我又哪里惹到你了？”

实在无辜，望秋好委屈。

怎么帮她刷个浴室也被骂？我想他当时一定是这么想的。

“靠，你再不把你脸上那对水汪汪少女眼收回去，你信不信我等一下就轮流戳爆它们？”

场面几乎已经爆出熊熊怒火，蓉蓉抬高下巴又睁大了双眼，瞪着浴室里那位右手拿着“威猛先生”、左手抓着绿色马桶刷的李望秋，或者该称他玛丽亚比较适合？

“啧，收回去就收回去，哪那么夸张？”转过脸后，他喃喃自语，“刷个马桶又不犯法。”

“对嘛对嘛，而且这年头有多少女生希望男生来帮她打理生活琐事啊！”柳树双手往外一摊说，“尤其是刷马桶这种没尊严的事。”

“没尊严的事？”玛丽亚一脸受伤地看着柳树说，“阿树你……难道你一直以来都觉得我这样很没尊严吗？我以为你会站在人家这边——”

“够了！都给我滚！”

后来，经我粗略估计，这类型的对话大概每星期就会重复七次。而每次的话题几乎都是以蓉蓉的“给我滚”作为结尾。

哦，这里的“给我滚”当然不包括我。

不管我对蓉蓉再怎么嘴硬，再怎么嘴贱，她也从不赶我走。

——芊芊，都是我不好。

一个多月前，我还半死不活地躺在医院病床上，抬着沉重的眼皮虚弱地看着她，看着眼前的蓉蓉如此内疚地对我说：“芊芊，都是我不好。”

我顿了一下，满脸不解。

“为什么？”

气力薄弱到像快断气似的，我缓缓问向她：“都是我、都是我来不及拉住你，你才会……”话没说完，就这么哽在了喉头，她哽咽出自责。

那不是我第一次看见她的眼泪，但那确实是我第一次看见她的善良。

“不是你的错。”

不是你的错，不应该由你来揽。

说实在的，当时的情形根本就混乱到连我自己也搞不清楚状况。

我只记得我是为了回去捡某个掉在路中央的东西而闯了红灯，蓉蓉告诉我，在她回头的那一瞬间，刹车的尖锐声响起。

被撞上的感觉，应该是痛到不知道何谓痛了。

冲击力将我抛在半空，蓉蓉说当时的画面简直就像凝结般慢速播放，而下一秒地心引力将我拉得太猛，太狠。

狠到她只能双脚动弹不得地怔在一旁，捂住嘴尖叫出声。

直到这一刻，她仍然脱离不了当时的情景，愣愣地在旁盯着我手上的石膏，无法克制地一滴接着一滴地持续掉泪。

无言地叹了口气，我用弱到不行的语气下了个不那么弱的命令：“过来。”

她不解地眨掉了好几滴眼泪，走近我并俯身靠在我枕头边。

看着正无声飙泪的她，我再度下令：“蹲下。”

乖乖地，我一个指令，她一个动作。在那一天里，没有例外。

勾起了嘴角，我那只唯一没裹上石膏的左手覆上了她头顶，并像在安抚小狗狗似的来回揉搓。

“听好，不是你的错，所以别哭、不准哭。”

结果她哭得更大声了。

她说柳树之前也对她说过一样的话。

“可是天知道这种话根本无法安慰我啊，只会害我更自责。”她说，“阿树那家伙不懂也就算了，怎么连你也不懂呢，芊芊？”

“……”

算了吧，有些人就是这么主观。

从那天起，蓉蓉就坚持等我出院后，要我搬去和她一起住以便随时帮助行动不便的我。

是该感谢她才对。

刚出院的那阵子，我几乎每天掉泪，盯着裹在手脚上的石膏掉泪，听老师讲课也会听着听着就突然鼻酸起来，甚至是吃饭吃到一半，眼泪也会莫名其妙地滴进饭里。

没来由地，就好难过。

好像一次失去了很多，一次改变了很多，心里有什么不见了，空掉了。

“那叫作自信，”蓉蓉告诉我说，“心里不见的东西，我猜叫自信吧。”

双手托着下巴，我一脸无助地说：“找得回来吗？我还不想落到每天三餐都得准时吃抗抑郁药的地步。”

“哎哟？不错嘛——还能开玩笑哦你。”

“……”

我又没在开玩笑。

不过话说回来，或许蓉蓉真的猜对了也说不定，毕竟是个拖着沉重石膏的人呐。

被磨损、被冲撞的，不会只是手骨脚骨而已，我想。

令我感到挫折的那几个星期，要是没有蓉蓉的二十四小时陪伴，我会不会想结束自己？当只有我一个人拄着拐杖被世界抛弃，我还撑不撑得下去？

我不知道。

我只意识到，要是那段时期没了蓉蓉，我的生活也许只能被迫改道，甚至被自己截断，也许就不会站在这里了。

在我的大力催促下，望秋和柳树快步走进了套房，而他俩只是沉默地瞥了一眼蓉蓉就擅自坐了下来。

这里的坐下是指坐在地板上，毕竟单身套房本来就小到连放张床都有困难，何况蓉蓉的家电用具齐全还很占空间。

“吃过了吗，芸芊？”柳树望着我问，同时提高了他手上的塑料袋，“顺路，所以就买了份炭烤鸡排过来给你。”

接过了他手上的塑料袋后，我往里看了看，拿着叉子向里头的焦黄色鸡排上戳了戳道：“咦？是一中街那家？”

“对啊，就上个礼拜带你去买的那家。你说超好吃的，不是吗？”望秋笑嘻嘻地补充道。

“哦——好香！”

将鼻子塞进塑料袋狠狠地闻了闻，我心花怒放。

嗯？等等……那柳树刚才是在骗鬼吗，从学校骑到蓉蓉家最好是经过一中街啦，是顺路吗？

好吧，我是真的很忌讳别人对我有所欺骗隐瞒，说实在的，我感到很委屈。我顿了一会儿，说：“那就谢啦，我午饭刚好还没吃。”微笑了一下，我将最大块的鸡排送进嘴里，宣告和他俩一起“开工”。

要等到蓉蓉一起“开工”可能要等到海枯石烂吧，我想。

算起来，我认识他们两个男生才一个月，甚至可说是只有十几二十天。

一开始我还真搞不懂，他们怎么能在初次见面的人面前，表现出一副好像我们已经一起活过大半辈子的感觉。

是因为我和蓉蓉从小认识，所以他们基于物以类聚？

……或许吧。

“你们摄影社今天有招到新生入社吗？”满嘴咖喱猪排的望秋含糊地问向柳树。

“只招到两三个。”下嘴唇覆盖上了上嘴唇，柳树耸肩说，“其他都是来看热闹顺便白吃白喝的。”

“你们社室有自助餐吗？”听到这里，我忍不住惊呼。

“就今天特别准备的啊，钱还是我出的。”身为社长的柳树对我皱了张苦命脸说，“今天为了拉客，都不择手段了啊。”

“好贱！难怪一开始你们社室那边的人比较密集！”说话腔调娘味十足的望秋恍然大悟道，“噢——我还奇怪说怎么搞的，这年头大家都比较 enjoy 当痴汉偷拍正妹咧。”

“……请不要擅自扭曲我们社团的神圣宗旨。”翻了个大白眼，柳树反讽说，“还有，不知道是哪个社团，后来居然用脱衣舞男这种招数，吸走我们社室里的女性新生群？”

“脱衣舞男？”

这什么病态学校啊？

“还不是我们社长出的鬼主意！你以为我想露两点啊？要不是我猜拳猜输，被扒掉衣服的也不会是我啊！”娘到一种极致状态，望秋双手握拳还一边跺脚突然转向我狡辩了起来，“小芊、小芊，你真的不要误会，我不是那种随便的男人啊！”

“好好好，不是不是哦，乖——”

你不是随便的男人，你是随便的女人哦，乖——

摸摸望秋的头发，我试着安抚眼前这心灵受创的小娘娘腔，而奇怪的感觉同时油然而生，便问道：“等等，再说一次你们那是什么社团？”

“棋艺社。”望秋操着有点哽咽的声音回答。

“棋艺社跳脱衣舞？”

噢，拜托！不要告诉我，裁缝社是跳钢管舞来招生的。

赶在望秋还没喷洒出他脸上那两条瀑布泪之前，柳树及时转移了话题。

“芸芊呢？”很明显聚光灯聚集到了我身上，柳树问道，“还是不想加入学校社团吗？”

蹙起了眉，我嘴角向右撇了一下，回答道：“也不是不想啦，只是没那个兴趣而已。”

“欸，别想拉我们家芊芊沦陷，”蓉蓉在电影画面变为“全剧终”三个字时，关了电视一边向我们走来一边说道，“他们两个之前就拉我加入过了。一年级上学期我加入摄影社之后，还差点被他给捅死！”

指向那位正在扒饭的柳树，蓉蓉一脸怀恨在心地向我告状。

“捅死？”

把头歪向了右肩，我想象不出那种画面。

“那是因为摄影机三脚架太重，而且我又刚好被绊倒……”

柳树一边嚼着满口白饭，一边支支吾吾地解释，还干笑了两声，存心是嫌现在这状况还不够尴尬。

“呃，所以是差点被摄影机三脚架给捅死？”反正都已经尴尬成这样了，我干脆出言统一了一下结论。

倏地睁大了双眼，蓉蓉眼睛差点没喷火地用力点头道："对！整个就当场爆血啊我！"

眼看我越听越惊恐，柳树急忙开口试着缓和气氛道："没、没没这么夸张啦，只是……"

"只是后来进医院缝了几针而已吗，嗯？"蓉蓉眯起眼双手抱胸，接话。

"天啊，现在还好吧？"

加入社团这种牺牲也太大了。

"现在已经没事了啦！"

左手拍了拍空气，她像突然想起什么似的补充道："对了，还有一年级下学期的时候！"

她面向我，眼神却瞪向了一旁迅速别开脸的望秋说道："一年级下学期的时候，我就想说棋艺社比较没杀伤力，所以我就那么呆呆加入，结果……"

"咦？"

不会吧，连下棋都会有生命危险吗？

"结果都是因为李望秋没把围棋的木棋盅收进柜子，随便摆在地上，害我隔天去社室踩到棋盅，整个重心不稳差点跌出窗户！"眯起了二分之一的右眼，蓉蓉闭着嘴巴磨了两下牙才下定论说，"根本是想谋杀我啊，他们两个。”

“那你退社之后有再加入其他社团吗？”我问向差点被暗杀的蓉蓉。

“没有，不过我最近想加日研社。”她咬了咬右手拇指，皱眉思考。

“日研社？”

“嗯，日本研究社。”讲着讲着她眼睛都放光了，“活动很多，而且好像还蛮好玩的哦，我们一起加入嘛，芊芊？”

“……”

可是，我实在不想被戳瞎啊。

总觉得自己不太一样了，

总有种手里紧握着的什么突然不见了的错觉。

我原本握着什么吗?

Chapter 2

有时候我会看着学校厕所里的全身镜，脑袋里一片空白。

镜中，我看见身后来来往往的女大学生，几乎人人都妆容精致并且踩着高跟鞋迈出一步又一步的优雅步伐。

而镜子里的我，脸上也敷了层化妆品，但表情却还是少了点什么。

手脚已经不需要石膏的包裹，身上的破皮伤口也都全然复合如初，可是有个什么东西被藏了起来，或者说是消失。

总觉得自己不太一样了，总有种手里紧握着的什么突然不见了的错觉。

我原本握着什么吗？

盯着自己的手心，我纳闷，原本存在那里的是什么？

“那是自信。”蓉蓉说。

在我还伤痕累累、行动不便时，蓉蓉告诉我那叫作自信。我所失去并且尚未找回的，叫作自信。

但我们心里都明白，我所遗失的，不仅仅是自信。

放学铃响后的五分钟，我快速收妥侧背书包，走向蓉蓉的班级。说这是种习惯，不如说是惯例。

朝她教室内看去，教室里的学生已寥寥无几，一眼就能找到蓉蓉和柳树。

没错，他俩同班，并且座位挨着。听说他们班的班长似乎很乐于撮合他们两个，以便发生一段四角恋的好戏。

说实在的，这原因我可是完全摸不着头绪。我知道蓉蓉最近交了个我只见过一次面的男友，但我不知道原来柳树也有个女朋友。

原来他有女朋友了，是吗？

也对，长了张斯文好看的脸，身高又一米八以上，会有女友是正常的。

那他女友怎么会准许他和我们关系这么密切？

……是放纵主义使然吗？

嗯，正常来讲，放纵主义也不太可能放纵成这样吧？比较有可能的原因，应该是他们之间的感情早就淡掉了才对。

哦——我知道了，也许他女友是那种男女不分的浪荡女，所以他为了心理平衡才会和我们黏在一起？就像蓉蓉最爱的那部黑道电影情节那样。

嗯，应该是这样，没错。

在心里终于理出个前因后果之后，我撇着嘴点点头，右手食指和拇指还下意识地扣上了自己下巴。

就这样呆站在他们教室门口大概有两分钟，我才听见蓉蓉的声音，但她所说的话并不是对我，而是对柳树。

"我已经通知望秋了，今天你和他都别来我家。"她说。

依然没出声，我静静看着里头的蓉蓉面对着柳树，解释他和望秋都别去的原因："今天我要去打工，芊芊要去日研社社室报到，所以我们不会在家。"

嗯，对，就是这样。我就知道我说不说话都没有差别，反正蓉蓉迟早会把我想讲的全都说完。

"哦，"一边整理桌面，柳树一边回答，"那我等一下就直接去帮芸芊打工好了。"

"谢谢。"突然地，我出言，他们的目光顿时集中在我身上。

"谢谢你帮我打工打了这么久。"

我想，这句话是一定要由我自己说的，这不是诚意的问题，而是蓉蓉绝对不会想向他道谢的问题，就算只是替我转达也一样。

我也不清楚他们两个究竟是八字不合还是怎么的，他们连好好讲话讲十分钟都有困难。

“不客气啊。”咧嘴笑笑，他周围仿佛蹦出好几朵玫瑰花，真配，真配他接下来的那句烂话，“为了你，我在所不辞哟——”

哟什么？都什么年代了还以为我会相信什么在所不辞。

翻了翻白眼，我故意不动嘴唇地含糊嘟哝：“讲这种话不怕被女友甩吗你？”

“啊？”

露出一副没听清楚的样子，他将右手贴在了耳后。

“好啦，我知道你不想谈论这个啦，”毕竟是个放荡女嘛，又说道，“当我没说好了。”

“哦，”一脸不解地，他歪着头说，“那我先去打工了，怕迟到扣钱。”

“啊，对哦，再不出发我也会来不及。”蓉蓉慌张地看了看手表说，“芊芊，你一个人可以吗？社室蛮远的哦。”

“可以啦，我很男子汉的。”做出调皮的动作，我压低嗓音地说。

扑哧一声，蓉蓉率先笑了出来说道：“说得也是，那我赶紧走了哦。”

“嗯，拜拜。”

挥了挥手，我目送他们走出教室。

啧，其实还蛮般配的，他们两个。

……嗯？我啧什么？我下意识地撇起嘴、偏着头蹙眉，接着也没再多想，随即关了教室的电灯电扇，快步走出教室。

我本来走路就比一般人快很多，但今天这段走到社室大楼的路程，我的步伐竟然比平常又快上了一倍。

有人在跟踪。

太明显了，在我脚步声之后的另外一个脚步声，以为我听不出来吗？根本是当我聋了。

还有那种被监视的不自在感，不论隔多远都感觉出来有人在看、在盯。

太明显，我早就发现了。

就在这时，我耳边突然爆出了高分贝声响，耳膜开始传来阵痛，接着，我听不见了任何杂音。

惨！又来了，这该死的梅尼埃病。

眼看社室大楼就在眼前，一咬牙，我干脆一鼓作气跑着冲进大楼。还好门内等电梯的人比我想象的多很多，不然我就要尖叫了。

进电梯后，我不断吞着大量涌出的唾液，并用吃奶的力气努力憋住隐隐的呕吐感。开玩笑，我可不希望造成电梯里的恐慌。

直到上了五楼，我双耳才终于找回了这世界的声音。

我一边紧张刚才跟踪我的人会不会埋伏在楼下、等我下楼后再下手，一边惊喜着这次的梅尼埃病恢复得简直是神速。

像吹饱的气球被瞬间放掉气一样，我走向日研社社室的同时，长呼一口气，放松了双肩。

不放松还好，一放松我就顿时双腿发软、步伐不稳地跌进社室。

随着我突如其来的倒卧动作，几乎在同一时间爆出了女社员的尖叫声和男社员的“你还好吧”，但就是没人来扶我。

天啊，真是太——有良心了这些人，这世界还真有爱哦，是不是？

“……”

唉，算了。

想一想，其实也不能迁怒他们啦。社员个个都正忙着做秋祭活动的立体大海报，每个人手上不是颜料就是剪刀。

我可不希望他们热心扶我，同时用剪刀刺杀我。

“没事没事，哈哈，不好意思，吓到你们了哦，哈哈哈……”

我一边狼狈地站起来，拍掉身上的灰尘，一边露出一副抱歉的表情干笑，纵使现在的心情是恐惧。

我开始怀疑在这栋社室大楼里可能真的会倒霉。

纳闷，我怎么会真的加入日研社啊？说实在的，我也挺纳闷。

当天蓉蓉拜托我和她一起加入的时候，我明明就回答说我再考虑看看，怎么搞得隔天我就收到入社通知了?

答案是，蓉蓉看到学校穿堂公布栏上的日研社传单，上头写着：今天加入日研社，社费半价!

“真是够了，你怎么这么贪小便宜啊!”忍不住地，我捏皱了手上那张入社通知。

“哇哦——是真的便宜很多啊——不要生气嘛，嗯?”在我左手臂上磨蹭了几下，她语气娇嗔，“而且我一个人不敢加入嘛，日研社里我又没有认识的人，所以我就想说芊芊这么有义气，一定会陪我的啊——”

“……”去你的鬼义气。

大概是回想到这里，导致我脸上的表情看起来像杀人犯吧，只见日研社的活动执行长一脸怯生生地细声询问我：“那、那个，你、你你你没事吧?听、听社长说，你是新、新新新加入的社员哦?”

天哪，她声音甚至还有点颤抖。

有人说过我一旦不笑，看起来就像心情很不好，整个人杀气很重，一副老娘不爽、少来惹我的样子。

是这样的吗?

看着眼前的活动执行长，我开始相信那个人的说法了。

那个人，不知道他现在怎样了，好久前的一个朋友，我对于他的感觉或者用“依靠”来形容会比较贴切吧。

时间，在我脑中倒退回到小学时代。

当初我对上学可以说是感到绝望。

我不明白上课有什么用，我不明白既然我得到再多的“甲上上”都没办法让我爸妈看我一眼，那有什么鬼意义？

妈只忙着看爸，光是一个爸就够她担心的了。

而爸只会看着酒瓶发牢骚，整天只会叨念着他最好的心腹怎么可以背叛他、怎么可以带着他的几百万潜逃海外，怎么可以、怎么可以、怎么可以……

怎么不可以？这世界上哪个人有办法真的去阻止别人去做他想做的事？

爸不懂，爸想不通，爸只懂得怎么去遗憾他的遗憾。

他的绝望，让我绝望。

当时让我乖乖到学校上学的唯一一个原因，是那个男生。

在蓉蓉全家搬离了我家隔壁后，每天能和我聊天的对象似乎真的只有他，那个肥肥胖胖的隔壁班男生，我的依靠。

那段日子已经很模糊了，他的脸在我记忆里模糊了，然而那天的对话却记忆犹新。

年幼且自闭至极的我，当时坐在学校楼梯间发呆，才和我认识不久的他，向我走来。

他开口的第一句话就是："心情不好吗？"

"……嗯？"怎么，我看起来脸色很难看吗？

"你看起来心情很不好，怎么了？"将头歪向右肩，他问。

"没有啊，我心情很好。"

我是真的以为自己当下的心情已经可以称得上是很好了，也许我根本就已经绝望到忘了自己在绝望。

鼓起了右边脸颊，他蹙紧双眉说："骗人，你都不笑。"

"……我不笑，可是我心情没有不好。"我回答说。

"可、可可可是心情好就会笑啦。"他又说。

"心情好就不能不笑吗？"

我得声明，我当时并没有要呛他的意思，事实上，这已经是我那时口气最好的说话方式了。

"可、可以是可以，"满脸委屈，他肥肥的手指相互缠绕来缠绕去继续说，"但是你要笑，才能让别人知道你心情没有不好呀。"

望着他那张肥圆饱满的怯弱脸，我疑惑地说："为什么我要让别人知道？"我是真的疑惑，但现在回想起来似乎比较像是咄咄逼人。

好难得的，他听了我的疑问后还能露出一点怯懦也没有的脸色，那一瞬间的他，有的只是天真。

"这样你在学校就不会只有我一个朋友了。"他回答，理直气壮地回答。

就算他的五官在我脑海已经模糊了，但他所给我的感觉还在，到现在都还能轻敲着我的情感。

就是他的那句话，让当时的我笑了出来，直接并且毫无保留地笑出声来。

那可以说是最珍贵的一刻吧，对那个时候的我来说，这种笑到心底的感觉，太难以获得。

“可是在学校有你就够啦，我不需要更多了。”

我的妈啊，那大概是我这辈子说过最琼瑶的一句话。

想起来虽然有点反胃，但那确实是我小学最珍重的记忆之一。

“请问，你就是可蓉之前说的许芸芊吗？”一位戴着淡灰色隐形眼镜的男学生问我，手持着剪刀缓步向我走来。

我像被按了定格键一样，静止。

那双眼的色彩太过独特，锐利的瞳孔边缘仿佛妨碍了我的反应神经，我根本没把他的疑问听进耳朵里。

眨了眨那双有别于他人的眼睛，他歪着头，露出一副自以为已经把我给迷倒的自信表情，还同时将自己右边嘴角扬起了四十五度。

真是够了，人家望秋和柳树的四十五度角笑容就很好看，为什么这家伙笑起来却很变态?

真是够了，我只是惊讶原来隐形眼镜有这么特别的颜色而已，对，就是这种戴起来特别像白内障的颜色!

真是够了，不要露出那种笑容还拿着剪刀慢慢地向我逼近！够了!

在离我一步远时，他终于停下，猛然伸出了自己那只没拿剪刀的左手，示意和我握手说:“你好，我是日研社的文书长——双崎。”

“……”

我管你叫双崎还是冰激凌呢?

视线移到了他那只向我伸来的左手，我下意识地吞了吞口水，才缓缓伸出自己的左手。

“芸芊!”

一句叫唤，唤住了我们，我左手甚至都还没碰到白内障的左手汗毛。

社室内所有人都默契十足地一齐看向了声音来源，包括我，也看向了站在社室门口气喘吁吁的柳树，露出笑容。

好一个连贯不起来的怪异表情。

“怎、怎么了吗?”

视线从旁越过了白内障，我一脸好奇兼庆幸。

真的庆幸，毕竟直到现在我依然不习惯，也不喜欢任何人的任何触碰，包含蓉蓉在内的任何人。

小时候，心理医生曾分析过这样的我，她说我这是家庭暴力所造成的心理阴影。

遭到背叛的老爸，在那一时期神志几乎没有清醒过。至少在我模模糊糊的记忆里，他给我的只有这方面的印象。

忘了身份，也少了爱，这样一个根本不愿想起什么却又根本无法遗忘什么的父亲。

唉，怎么会又想到他了？

又想到他老是从我和妈身边逃走，逃到酒精里，然后，当他终于回来，是为了借酒装疯。

好吧，或许不是装疯，但那无所谓，有所谓的是他明明知道自己喝了酒后会肆无忌惮地伤害我们，但他隔天依旧还是会选择酒精。

只为了遗忘他忘不掉的。

“你干吗不干脆去死？”

当碎裂了一半的酒瓶划过我的颈间，带出一道停止不住的血流那一刻，妈吼了出来，夹带着忍无可忍，夹带着积压过头的怨恨。

“怎么，你不会消失吗？需要我教你吗，需要吗？”

那是我记忆中第一次看见妈凶爸。

妈总是包容爸的一切，像蚌壳包容着沙粒一般。但很显然，在这种情形中，他们之间的情感并不会因此而变为蚌壳里的珍珠那般珍贵。

后来妈告诉我，那是由于他们彼此的身份、背景和外形条件，才会造成那种不平等，而后带出那种难堪的局面。

没错，妈的自卑助长了爸的自我意识，同时强化了他在家中的地位。没错，他地位崇高而妈过于习惯崇拜。没错，爸当初会娶妈，就是希望得到她永远的仰慕和乖巧听话的反应，来满足他那可笑的虚荣。

妈都懂的。她只是太害怕失去，她只是没想过要真的去接受改变，她以为所有的一切总会恢复原貌。她不笨，她只是太爱一个人。

太爱一个承担不起现实责任的人。

“芸芊？”

又是这声叫唤，而叫唤的人是同一个。

“你有在听吗？”印堂微微起了褶皱，柳树问我。

“……没有唉。”不好意思哦，脑袋刚在忙。

实在不给面子，他直接翻了个白眼。“我说——”他说，“你手机已经修好，明天可以去拿了。还有你刚才干吗跑那么快啊？害我一路追。”

“……什么？”刚才的跟踪狂是你哦！“那、那你干吗不叫住我？”想也没多想，我问。

“我有叫啊，可是你好像没听见一样继续跑。”露出一副不知道是担心还是生气的神色，柳树开口说，“是不是梅尼……”

“Sorry，可能是我跑得太专心了吧。”假笑着耸耸肩，我倏地打断了他回答说，“手机我明天就去拿，谢你喽。”

“……”

有些事情，叫作秘密。

很多话，讲出来只会坏事；

很多话，根本是无心的，

却总是让听者的心化成灰。

Chapter 3

秋祭。

日桥小学一年一度的小型祭典。

“哦哦，好多穿和服的人！”实在热血地，蓉蓉握拳讲，“本来还以为特地租和服来穿会很异类，是不是？”

“是是是，”半眯着眼我随声附和，并且更正说，“还有，我们身上这叫浴衣，不算正式和服，到底是有没有在注意听社长说话啊你？”推了推蓉蓉的空脑袋，我一脸无奈。

“欸，不要随便推我头啦！包包头我绑很久，你又不是不知……欸！不要弄乱啦！喂，够了，你还弄！许芸芊，我说真的，不要闹了哦！”

恶狠狠地，她一边顶着那头被我弄得像爱因斯坦的发型，一边死死瞪着我。

“哇呜——人家还是第一次被爱因斯坦瞪耶。”

眯着双眼，她撇嘴假笑了两声，视线从我脸上移开，并顺手脱下她右脚的夹脚拖，将堆积在里面的红色沙石倒出来说：“啊——早知道就不穿夹脚拖来了，在这里走路根本是在做脚底按摩啊，我的天！你都没感觉吗？”

“我也很痛啊，你难道没发现我一直站在这里不敢动吗？”轮流抖了抖脚上红色布面的夹脚拖，我试着将里面的沙石抖出来。

这时，正粗鲁地脱下左脚夹脚拖的蓉蓉，像突然发现什么似的，用眼神和下巴示意我往她右边看，说：“欸，望秋来了。”

“哦？”

顺着那方向看过去，远远地，我就看见他。

穿着咖啡色男性浴衣的暴露狂。

“呼护五——”

皱起眉，我朝那三个字的来源望去，只见蓉蓉嘟嘴的样子。

“‘呼护五’是什么鬼？”我问向声音来源。

蓉蓉只是瞥了我一眼，再用一副好像快受不了我的表情解答：“我不会吹口哨呀，让我用‘呼护五’来过个干瘾不行吗？我们真是越来越没默契了啊。”

撇下了右边嘴角，我盖下了二分之一的眼皮看着眼前这腐女。

“干吗啊，你那是什么表情？”用手肘戳了戳我的肋骨，蓉蓉露出一张无辜脸说，“注意看啊，现在全场哪个女生没看着他流口水？要不是知道他表皮底下里是个娘娘腔，不然连我都想冲过去把他给扑倒了啊。”

“……”看了看四周，我悄声附在她耳边问，“你确定这句话由一位有男朋友的人来说，妥当吗？”

“有什么不妥当的？”这傻女声音放得更大了，“我还想把他给直接带回家吃掉咧，哈哈哈。”

哈你个大头鬼啊！你男朋友就站在你后面啊！

“呃……蓉蓉、蓉蓉？呃……那个……”学她刚才那样，我一而再再而三地用眼神和下巴示意她往后看，但她的眼神告诉我，她现在依然陶醉在望秋那两块胸肌中。

“蓉蓉！蓉蓉！”忍不住的我干脆掐住她的左手臂，大力地前后摇晃。

“啊——干吗啦你？”轻描淡写地，她瞪了我一眼，接着迅速再将目光盯回望秋的胸部地带，嘴巴还不忘向我责怪，“我眼睛很忙啦。”

啦什么啊啦！你没感觉到你背后有一股寒意吗？！

“可蓉，”一点表情也没有，她男友终于按捺不住地出声了，“我们该谈一谈。”

全身大幅抽动了一下，蓉蓉僵硬地扭头，和她那位没表情的男友四目相接。

“……”

你怎么没告诉我?

我猜这是蓉蓉跟着她男友走掉之前，丢给我的眼神所代表的背后含义。

不好意思啊，我尽力了，谁叫我们越来越没默契了啊。

于是我用眼神对着他俩的背影回答。

“嘿，小姐，一个人吗？”

正忙着目送蓉蓉的我，闻言转身，正好直视望秋胸前的大胸肌。

面对着胸肌，我问:“先生，你是不会穿浴衣还是你真的很热？”

“咦？”视线移往自己的胸部地带，他歪着头，露出一副小女生的天真表情问，“不是这样穿哦？那你陪我到更衣室重穿好不好？”

够了！我不想看到长胸肌的小女生对我撒娇。

“……好、好。”

什么都好，就是不要再用水汪汪的少女眼看着我了，拜托!

陪着望秋将浴衣穿得不那么衣不蔽体后，我们并肩走向园游会会场，一路上我都不断地在环顾四周。

“怎么了？在找什么吗？”望秋的问话因周围过于嘈杂而显得模糊，

但不至于听不懂。

我在找什么吗?

与我对望了三秒后，望秋大概以为我没听懂，于是又重复问了我一次:“你——在——找——什——么?”

心头随着每个字而震动，我差点喘不过气来。“没……”慢慢地，我低头调整着呼吸，再抬头，我听见自己的声音已经恢复平稳，“没有，没在找什么。”

“哦。”

倏地，他咧出了一丝不容置疑的笑容，并伸手拉住我浴衣的大袖子，将我拉到贩卖花生冰激凌卷的摊位前。

“这很好吃哦，之前阿树有请我吃过。”说完，他随即扭头向老板点了两份花生冰激凌卷。

阿树。大家都是这样叫柳树的，好像他本名根本就不叫柳树这怪名字一样。

直到现在，我只知道他是学校摄影社的社长，是家中的老二，是不甘于被蓉蓉欺压的男生，也是善良到自愿在我行动不便期间，帮我打工打到现在还坚持继续帮我的细腻男生。

或许称他是个男人比较适合?毕竟他是个有担当又肯负责的人呀。

“给，”打断了我的思绪，望秋递给我老板先做好的那份花生冰激凌卷说，“这份先给你。吃吃看吧，快快快。”

“……”像小孩子献宝似的，这个人。

接过手中的冰激凌卷，我微笑了下，还故意用日文向他道谢。

老板一听到我说日文，就很敏感地问望秋：“你女朋友是这所学校的学生哦？”

听他的口音就知道是地道的本地人。

嗯？不，不对啊？重点不在他的口音，重点在于这里是日桥小学，小学！怎么我看起来很像小学生吗？

……呃、等等！

我，我不是他女友啊！我还没可悲到要找娘娘腔来当男友啊老板伯伯！

心里怒吼着，表面上却支支吾吾的我，看向一旁笑弯了腰的望秋，然后无助地到处张望。

终于笑够了，望秋站直身清了清喉咙，忽然将左手搭上了我的左肩，整体呈现出半搂着我的状态说：“对啊，我女友哦，正吧？”用右手食指指了我一下，他不知道在得意什么地摆出三七步，还一边抬高下巴装酷。

努力憋住了想扇他巴掌的冲动，我不自在地一边试着帮他做足面子，一边设法让他意识到我有多痛恨他人的触碰。

但事实证明，这男的根本没长神经，甚至我还怀疑他连脑子都忘了长。

就这样，我一直忍耐到望秋伸手要接过老板递来的第二份花生冰激凌卷时，才故作自然地抽身离开望秋的半环抱。

我严重怀疑就是刚才那半环抱的暧昧动作，才让在场的所有旁人都误解了我们之间的关系。

“看——快看，那两个人真的好般配哦。”

“咦——连浴衣的颜色都好配哦。”

“啊——原来是那个胸肌男。”

啊！送你们啦，送你们啦！这些饥渴女……我不需要肌肉发达的娘娘腔啊！

“嗯？怎么不吃？”指了指我手上的花生冰激凌卷，望秋笑眯眯地问。

“……”是没发现那些窃窃私语吧？这个没神经男。

抿了抿唇，我刚想动手将包装纸撕开，就被套圈圈摊位所传来的尖叫声给吸走了目光。

大概是误会我眼神中流露出有渴望之类的暗示，望秋顺着我的视线望去后，下一秒他就擅自拉着我的袖子跑过去排队了。

“等、等等，我、我我没有很想……”

不等我说完，望秋就直截了当地问了老板价钱。

几乎是同一时间，我和老板一起回答，只不过老板是用日文。但我听得出来我们的答案是一样的。

“你怎么知道多少钱？”愣了愣，望秋好不解地瞪大他那双细长眼。

“……”右手食指往他头上那张写着“一次二十元”的海报一指，我挑高了右眉并压低了左眉。

看着他不好意思的样子，我真有种刚才不该发言的愧疚感。

该死，我还是让他没面子了是吗？

啧，这就是我为什么不喜欢说话的原因。

很多话，讲出来只会坏事；很多话，根本是无心的，却总是让听者的心化成灰。

——你干吗不干脆去死？

我不知道那会不会是爸听见的最后一句话。我只知道，在那句话之后，我就再也没见过爸，警方至今也找不到他，像凭空消失了一样。

原来，爸是懂的。不用妈教他，他也懂得怎么消失。

“来，一次十个圈圈，都给你丢。”付了钱之后，望秋将光头老板拿给他的十个塑胶圆圈小心翼翼地递给我说。

“给，一人丢五个吧。”别以为我看不出来你递给我圈圈时的不舍。

看着我分给他的五个圈圈，他先是呆愣了几秒，之后突然爆出小孩子气的笑容，稚气得好像刚拿到牙医叔叔给的糖果。

“谢啦。”他说，而笑意都染上了双眼。

有什么好谢的，反正付钱的是你又不是我。

不用担心，我学乖了，我知道这句话比较适合拿来当旁白就好。

接下来的事情，大家应该都能猜到，至少我猜得到。搞笑的是，结果还真的朝我想象中的那样发展。

“呀啊——”这是望秋的尖叫。

“啊呀——”这是光头老板的叹息。

“不要灰心啊，我还有五个机会，都给你丢哦，乖——”这是我的安抚。

当然望秋虽然娘，但他在大庭广众之下还是会故作一副男子汉的样子，表现出他仅存的那么一丁点儿雄性骨气。

“不、不用，你丢。”含着泪光，他拍了拍我左肩，还一脸悲壮地叫我加油，一副要我争光的样子。

有没有这么夸张？撇过头，我忍无可忍地偷偷翻了个小白眼，避免被发现，我还一回头就问望秋：“那你想要什么？我帮你丢。”

嗯？这句话不是通常都由男生来问的吗？

“呃……这个嘛……”来回看了一遍奖品，他怯怯地指向某一朵笑得很奇怪的紫花，“我本来是想套那个啦。”

“啊？”瞬间瞪圆了双眼，我下巴差点没脱臼。

好端端的一个男生要朵淫笑紫花来干吗啊？插在头上吗，好病态！

勉强压抑住脸部神经的集体抽筋，我强制自己冷静，并试着让手中的圈圈以稳定的状态被丢出。

前三次的圈圈全部没有圈中，而我终于在光头老板的叹息声中，用第四个蓝色圈圈套中了那朵漾出诡异笑容的紫花。

随即，只听光头老板说了句日文。

噢，才不管那句话是什么鬼意思，反正不要再让我听见他那种叹息声就好，听了都觉得衰。

因为目标拿到了，于是我第五圈干脆随便丢，没想到还套中巧克力棒。

和望秋拿了奖品离开摊位后，我们二话不说就走向一旁那贴满粉色瓷砖的大阶梯上坐着，以便专心进食。

“喏，给你。”满嘴花生冰激凌卷（虽然冰激凌早就融化成奶昔了）的我将淫笑紫花拿到他面前晃啊晃。

“嗯？我没有要啊，”望秋一脸疑惑地说，“我本来是想自己套中送给你的。”

也不知道是不是被光头老板传染，他叹了口气，并且以为接下来那句话我听不清楚：“可蓉说得对，这么没用，根本没资格喜欢你。”

“……”是故意的吗？故意让我听懂？

在他那句自以为含糊不清的话讲出口后，我们就这样彼此无语了起码五秒。

被我捧在半空中的紫花，笑得和这气氛同样诡谲。

呼吸沉重的我终于还是无力，无力到放下了自己那只举得挺尴尬的右手，迟疑着是不是该说些什么来打破这令人窒息的气氛。

忍到最后，我还是决定率先划破静默。

“你刚说你喜欢谁？”

试探性极强地，我出言直戳重点。

耳根子都红掉了，他盯着会场中央的那串红色纸灯笼，我看得出来，他正在心里踌躇着该不该装傻。

像是忽然想起自己需要呼吸一样，他深深地吸了口大气入鼻，再以缓慢至极的速度，呼出一丝一丝的二氧化碳。

一脸羞涩地对上了我双眼，他小声地咕哝出答案：“你啊。”

“……”

或许他刚才吸入的，并非氧气。

而是勇气。

将自己的目光从他侧脸挪到远方那串红色灯笼，我感觉自己和他之间的所有空隙，都被沉默所占据。

“所以，你这是在……告白吗？”

好，我知道我问这种问题很脑残。相信我，我说完也很想直接去跳海。

抿紧双唇，他扑哧了一下突然爆出一连串真假不明的笑声。“你哦——”弄乱了我的头发，他笑着摇头说，“算了，我早就知道我们不可能。”

“嗯？”将头歪向右肩，我不解地问，“为什么？”怎么能笃定成这样？

“因为，我不是你的五十分啊，我感觉得出来哦。”他嘴角上扬地这么说，但我却眼底苦得好难过。

下意识地皱起眉头，我用假睫毛压低了视线说：“什、什么？”

那是什么意思？五十分？

“……可蓉告诉我的，”蓉蓉告诉望秋，而望秋现在告诉我，“这世界上，没有一百分的情人，只有肯一起互补的，两个五十分。”

“……”

我，五十分；你，五十分。

遗憾的是，我们加不起来。

似乎没有人的付出不是为了回报。

至少那种人，还没被我遇到。

Chapter 4

“您的电话将转接到语音信箱，嘟声后开始计费……”

迅速盖上手机合盖，我松开紧蹙已久的眉头，整个背都贴上了女性更衣室中的白色墙壁，全身无力地缓缓下滑至干脆坐下。

真是虚脱。

“嗯……好了，”望秋在说完五十分理论后，就急忙切断继续聊下去的机会说道，“我该回去了。”他毫不犹豫地起身，打算逃跑一般。

“咦？不看完烟火再走吗？”虽然懂他的心情，也懂他的意思，但免不了，我还是礼貌性地问。

“不了，”摇摇头，有如小孩子连续三天三夜没睡似的疲累感，全都浮现在他脸上，“我还要打工。”

“……哦，好吧。”骗鬼，你的工作地点和时段明明就和蓉蓉一模一样，别以为我不知道。

“对了，谢谢你请的套圈圈和花生卷。”配合言语，我将淫笑紫花和花生卷依序提高，让走远了几步的望秋看见。

咧嘴笑了笑，他将自己的视线往地上投射。“不客气啦，”再抬眼，他勉强找回了一丝丝精神说，“还有，那个叫作花生冰淇淋卷，不是花生卷哦。”

眼皮瞬间下耷了三分之二，我将嘴压成三角形。

“是有差别哦。”

虽然往后的相处，免不了还是会有些疙瘩，但令人庆幸的是，接在这句疑问之后的笑声和笑容，是来自于望秋的心脏核心。

至少就我听来看来，都是这样的。

而现在，坐在更衣室里的我只是在想，我和他最后互相道出的“下次见”这三个字，会不会只是“鬼话连篇”？

谁知道。

我只知道我现在好想好想找个人说话，随便哪个人都好。

再次拿出了酒红色手机，我反复看着通讯录中的三个名字。

前阵子才拿回这修复完成的手机，我才知道原来被修复的只是外表，而内部的资料几乎全都救不回来。

于是我只好从零开始。

拿到这内存几近空白的手机，隔天我就输入了三组数字和三个名字。

蓉蓉？刚刚才打过。与其向她的语音信箱讲话，我还不如直接到厕所对着镜子和自己聊天就好。

望秋？搞什么笑。

柳树？嗯——或许可以。摄影社的秘密会议现在应该已经结束了才对？

零九一二……咦？等等，他今天是要帮我到餐厅打工吗？

嗯，好像没有的样子。

嗯，如果没记错，今天是阿姨和姨夫的结婚纪念日，那阿姨的餐厅应该是暂停营业才对。嗯，很好。

拨出了柳树的手机号码后，一接通，电话那头就传来了句简直让我措手不及的问话。

“你在哪儿？”

“……啊？”

这问题不是该由我来问吗？

“我说，你在秋祭会场的哪里？”很耐心地，他又重述了一遍，“你应该和其他人在一起吧？我去找你们啊。”

“你、你……”你在这里？

一边迈步走出了更衣室，我一边指示着柳树到碰面地点。

我发现天色已经转为紫红。

带着惊讶的心情我快速低头瞥了眼手表，下午五点二十八分。

咦？！这、这么晚了吗？

正当我还在讶异原来我已经躲在更衣室忧郁了这么久的那个当下，我就听见了柳树的叫唤，在我身后。

转身，我看见他，穿着百年白衬衫配上千年牛仔裤的他。

“嗯，其他人咧？”左右张望了一下，柳树才终于将目光停留在我脸上，接着几乎是一点间隔也没有的，他在盯上我脸的同时，吸了好大一口气，差点把我给吸过去，接着问道，“呃——你、你你还好吧？！”

艰难地吞咽着口水，我试着将突然涌上来的泪水吞回去。

双手捂上了口鼻，我在柳树面前猛点着头，猛说着我没事、我很好，可是都知道我明明就有多不好。

我很糟糕。

“我、我觉得好糟糕。”

一次又一次，我控制不住地抽着气，我克制不住自己将每段句子给截断再截断，然后交给柳树的耳朵拼凑融合。

就这么断断续续地，我对着呆愣的他，描述出望秋告白的经过。

不得不伤害自己所重视的人，只为了不让自己受伤。过去我曾向蓉蓉抱怨过这样的人，根本自私又丑陋，简直像爸一样。

“讽刺的是，原来这也会遗传。”

我对着柳树说，原来父亲自私和丑陋的本性，也会遗传到我身上来。

“……”

停滞了几秒，他才终于反应过来。他知道的，他知道我爸做过了什么，他也知道我的症状是由于我爸对我做过的那些什么而引发。

“呃、呃——”露出一副不知所措的愚蠢样，他那两颗眼球快速地到处游移，最后他竟傻笑着张开了双手说，“那、那那需要抱一个吗？”

“……”

呆愣愣地，我一时还会意不过来地眨了眨眼，无语地望着他那停留在半空中的尴尬动作。

张开双手，蠢到可以出国比赛的动作；张开双手，毫无防备地将左边心口外露；张开双手，一个人，最不设防的时候。

好明显，他的喉结伴随着他吞咽的动作上下移动，扯出了一脸僵硬到快变化石的憨笑脸，他又结巴，老是结巴。

“好像是不需要的样子哦？哈哈哈。”

正当他干笑着考虑是不是该慢慢把手缩回来的那个当下，我才终于忍俊不禁地爆笑开来。

真是笑死我了，那张脸！

我手上抓的花生冰激凌卷都被我甩出去当流星，忘了该捂嘴才能笑得腼腆不三八，鼻涕眼泪差点一起飞出来攻击他，笑得、笑得我都忘了，我原本有多排斥任何人的触碰。

……原来拥抱是这种感觉，是吗？

颈间空隙全都给温热所填补，感觉到自己被另一个个体所环绕、护紧，肩膀被另一双肩膀包覆着。是这么实际确切地拥着某个生命，在怀里；是这么真实到不像现实地感觉着，自己之外的另一个心跳。

整颗心像是被从头到尾地填满，安全不易碎。

仿佛倒退回小女孩的无责时期，抱着我生平第一只绒毛玩偶。大型的，霸气十足的，只专属于我的，浅棕色 Teddy Bear。

那是礼物。是爸出差时，买回来给他尚未出世的孩子的礼物。

整体上来说，它缝得不是很精致，我承认。甚至乍看还会觉得它眼睛有点脱框，但在当时，比我还高大的它，确实是我每天依赖的代理爸爸。

记忆中，在那之后，我所拿到的其他绒毛玩偶几乎都是阿姨的儿子玩过、玩腻后，甚至还不想再看到的。

那些对我来说一点意义也没有，只会让我感到屈辱和悲哀。

有人知道吗？能知道吗？会想知道吗？

二手玩偶，就像二手爸爸，只能是暂时性的安慰而已，完全失去任何意义。

在柳树的颈边深吸了口气，我闭眼放松，并在吐气的同时，丢出一句我本来没打算要说出口的："都忘了上次是什么时候了。"

"嗯？"耳边传来他的好奇。

轻扬着嘴角，我解释："拥抱啊。"

"……"

"怎么了？"

怎么突然不说话了他？

听不出来他是在叹气还是纯粹只是在吐气，他左右摇了摇头，虽然拥抱着摇头的感觉比较像是在磨蹭我。

"嘿，不是忘了，"拍了拍我的后脑勺，他轻声细语着，"只是脑袋暂时没想起来而已。"

"……"

我顿了一顿，无声地咧嘴而笑。

"也对。"附和着，我轻点了点脑袋，抬起眼看向天空那片艳红，不自觉地嘛了嘛嘴。

……好奇怪的氛围。

歪着头，我眉压左眼，并开口将原本那话题给转掉。

"以前，我也拒绝过一个人，好久、好久以前了。"我的语调带着感叹。

“哦？”

“他……我连他名字都不知道。当时我才小学，我根本连什么重要什么不重要都还不知道。我只知道他是在学校唯一一个，愿意试着接近我的人，愿意主动跑来和我说话还不怕冷场的人，呵呵。”忍不住地笑了，这次我记得先捂嘴了，然后接着说，“真的，是我很珍惜的一个人哦。”

说到这，一阵异常冻人的冷风煞风景地迎面拂过，我感到怀中的柳树明显抽动了一下，于是我松开了扣在他背后的双手，带他走进建筑物内躲风。

“呃，然后……”

走进人烟稀少的建筑物里之后，我就忘了自己刚才讲到哪里。

抿起嘴，他用鼻气“笑”了一下，提醒我说：“很珍惜的一个人。”

“哦，对对，”像被点醒一样，我继续着刚才的话题，“后来啊，他在转学的前一天，向我告白了。”

“……”

不知道是觉得无聊还是在想其他事情，他面无表情地扭头看向窗外等着我继续说下去。

“他告白的同时，也是我第一次发病。梅尼埃病，第一次发病。”记忆倒带着，我的脑袋回到了当时，“我伸手，接过了他递给我的幸运手环，接着我只记得我耳边的所有声音都被抽光。”

“我只知道他好像说了一些什么很重要的事情，因为他的表情看起来是那么难得的认真……欸，你在听吗？”忍不住地，我问向站在我面前眼神开始到处游移的柳树。

“啊？噢，有啊，你继续。”

“不要，”双手抱在胸前，我将脸撇向一边回答说，“我才不跟一个没兴趣的人讲这种对我来说很重要的事！”

“不……不不是啦，”双手手心朝外配合着脑袋左右摇动，他习惯性地结巴了起来，“因……因为我每次压力很大的时候，还……还有紧张的时候都会这样啊。”

“嗯？”皱眉眯眼的我脖子向前倾着说，“听我讲个故事而已，你在那里压力大个头。”

“噢——你不懂啦。”表情动作显得实在不自在，他右手用力搔了搔后脑勺看向我说，“啊——好啊好啊，你继续啊，干吗瞪我瞪成这样？”

很不满，我啧了他一声才终于打算心不甘情不愿地继续说下去，但在开口的那一刻，我才发现怎么搞的我又忘了刚才讲到哪里。

“我刚才是讲到哪里了啦？”口气很差，我问他。

实在“囧”的他仰着头，对天花板翻了个大大大白眼，口气也没多好地回答：“他的表情很认真啦！”

“哦，对啦！”大拇指弹了一下中指，我倏地想起来，“就感觉他好像说了什么很重要的事情，但我却暂时性失聪。”

撇下了两边嘴角，我摊手说："你知道的，梅尼埃病的第一个症状。"

"嗯，我知道。"

见他点了点头，我才接下去说："结果，我还来不及问他说了什么，呕吐感就忽然涌上喉咙，真的是很强烈的那种！"我强调，真的是很强烈地说道，"所以我……我才……我才会当着他的面，恶心了起来。"

一想到那幅画面，一想到他当时是用怎样的表情来面对这样残忍的场面，我就忍不住用双手捂上整张脸："噢——我的妈啊——超丢脸的。"埋在双手中的双眼紧闭，我惭愧到腰都弯了。

"……"

当我再抬头，从手指缝中看出去，才发现他活像根木头一样生根在绿色公布栏前，甚至还背对着我！

搞什么！又没在听了吗这家伙？！

"柳树？"

你妈是忘了生礼貌给你是不是？

突然，面对着公布栏的他，头也不回地就柔声喃喃："这样听起来，丢脸的不是你啦。"

"……"

——丢脸的，不是我。

看着他的背影，我想了想他的话，再将之重叠于当时的情境。

"嗯——说的也是。"

难堪、下不了台的，好像都是那个人才对。

仔细想想，造成这局面的都是我，都是那罪不可赦的许芸芊。

就说吧，我是真的，很糟糕。

“嘿，你看。”猛然转头看向我，他指着钉在绿色公布栏上的其中一张白底黑字的资料表问，“这张是今天的节目表吧？”

因为穿着浴衣只能走小碎步的我，只能尽量加快换脚的速度小跑地凑上前，仔细看。

六点十五分，日本传统舞蹈。

六点三十分，土著舞蹈。

七点整，烟火大会。

“咦？”右手指尖抚上了下唇，我惊呼道，“原来烟火这么晚才开始放哦？”

翻了今天不知道第几次的白眼，他一副快晕倒的样子说：“我意思是，我们现在去会场，应该还赶得上日本舞——”

“我不要。”

“啊？”

“我是肢残，我自首。”

“不要发神经了好不好？叫你看又没叫你跳。”双手往外一摊，他看起来有点惊魂未定地问，“你以为我想看你跳啊？上礼拜运动会看你们班级表演上风舞，看得我都难过到想戳瞎自己了咧。”

“……你是真的很想被夹脚拖鞋打死对不对？”眼睛眯成了细缝状，我配合地将双手叉上腰说。

而他则是勾起了好看不变态的四十五度笑容，开始催促我说：“好啦好啦，走了啦，我肚子都饿到可以吃掉一个你了。”

压低了下巴，我笑笑地斜瞪他道：“会胆固醇过高哦。”

根本来不及反应，他倏地将脸贴近了我右耳，故意呛我道：“怕你啊？”接着就自顾自地向会场走去。

露出一脸厌恶，我边搓着自己的右耳，边以小碎步跟上他。

“唉，天啊——”

一走进会场，连眼前的日本传统舞蹈都没心情看了，我哀号连连。

见柳树马上转头用疑惑的表情看着我，我就知道我该有所解释了：“石头一直跑进拖鞋里。”

“要跟我换鞋子吗？”

他的声音在嘈杂的会场里显得微弱却清晰。

“……”愣了几秒，我才笑眯了眼点点头回答说，“好啊。”

但愿他没香港脚。

“欸？我还以为你会拒绝呢。”脱下球鞋的过程中，他惊讶地说，不过还好是笑着说的。

我只是耸了耸肩，换上他递过来的球鞋。

“老实说我也以为我会拒绝，哈。”

哈什么？我不知道。

我怎么可能会真的换了鞋子？我不知道。

脚底真有痛到非换鞋子不可吗？我不知道。

穿着浴衣配球鞋不会很蠢吗？我不知道。

什么都不知道了我。我只知道一旦遇到他，我就变得更加娇纵。打工的事情也是，明明手脚上的石膏都拆掉了，明明已经可以走可以搬可以工作了，我还是，不希望所有事都只能自己来承担。

太过分了点，我知道，我知道。

“欸，芸芊？”

才刚换好球鞋，身后就传来不怎么熟悉的叫唤声。

我于是愣愣地回头张望。

“是芸芊，对吧？”大概是见我四处环顾着找不到声音来源，白内障熊熊将自己的右手搭上我左肩问，“还记得我吗？我双崎。”

“呃，当然，当然。”白内障嘛我怎么可能会忘。

还有，我求你不要再动不动就随便 touch 我！害我现在左肩都感觉毛毛的。

“咦？是男朋友吗这位？”倏地看向我的右方，内障兄左手摊平了地朝柳树那方向伸去。

“……”

脖子一僵，我连头也不敢转了，只用眼角余光瞄了几下柳树。

只见那人嘴巴微张又迅速合紧，他欲言又止。

是想辩解，却又怕解释得太快而造成伤害？对于我的，伤害。我了解的。

刻意笑出声来，我半捂着嘴说：“不是啦，这是我朋友的朋友，柳树。”手一伸，我介绍着。

虽然我到现在还是很怀疑他和蓉蓉究竟能不能算朋友。

“哦——你好你好。”毕恭毕敬地，白内障向柳树微弯了腰，而他弯腰的同时还用手肘拂到了我肋骨。

有点被吓到，我全身像被闪电轰到一样，大幅度地晃动了一下。

我下个反应就是抿起嘴瞪向他，但他却像什么也没发现似的，依然笑容可掬地向柳树介绍起自己的年级与身份。

……大概是不小心的，我想。

抱持着这种想法一直到白内障和柳树聊了快五分钟后，我才发现那家伙根本是蓄意的！

每次只要柳树一移开视线，白内障的手臂、手肘、侧身就朝我碰过来了！

眉头纠成一团，我就算克制了自己不要尖叫着小题大做，但忍无可忍，我还是趁着他们忙聊天的时候迅速移到了柳树身边。

放心地偷偷吁了口气，我有种终于踏入安全范围的感觉。

就在这两个男生已经聊到无话可聊后，我探头看了看那位始终缩在白内障兄身旁的小女生，并对她投以微笑。

“咦？”依旧是离白内障很远,我问向他,“这位是……你女友吗?长得好可爱哦。”

其实早就发现她了，毕竟是个具有小白兔气质的女孩子。

将视线移至那位黏在自己手臂边的兔女郎潜力股，白内障笑眯眯地马上又对上了我的目光。

“不是耶——是我直系学妹,俐姚。”咧嘴而笑的他耸了耸肩说,“最近才被直系坏学长硬拉进日研社喽。”

露出小巧精致的贝齿，兔子女漾出了甜蜜蜜光波，还同时发出一连串轻柔而干净的呵呵笑。

也太梦幻了！露出这种表情，不怕被别人扑倒吗?

“对了，今天下午我看到了，”没头没尾地，兔子女对我笑着露出她嘴里的两颗宽白门牙讲，“看到你和望秋走在一起。”以双手指尖捂起自己下半脸，她神态自然地迈步走到了我身侧。

“咦？”被紧紧夹在兔子女和柳树中间的我，向她睁圆了眼，歪着头问，“你认识望秋？”

我还以为她是我们大学部的一年级新生呢。

……好吧我承认，要不是刚才听到白内障说她是他直系学妹，我还想说怎么搞的连白内障这种毛手毛脚的变态都能拐到高中部的正妹新生咧。

“当然认识呀，我和望秋同班了快两年耶。”好理所当然，她用手指在我面前比了个“二”。

“同班？”她？体育班？还和我同年？

难以相信地睁圆了眼、张圆了嘴，我下巴差点脱臼。

“啊，所以你也是体育班的哦？看不出来哦。”上下打量着兔子女，柳树将食指和拇指扣在自己的下颚处说着。

轻扬起她那醉人的唇角，她掩着嘴向柳树笑笑说：“怎么说？”边这么问向柳树，兔子女边移动到我面前，用手肘将我推了一推。

“怎么说哦？嗯……”维持着同样的动作，柳树一点也没发现异样地挑高右眉，思考了下才回答，“你感觉起来，应该是那种坐在场边替运动员加油的拉拉队队员吧。”

就在我开始疑惑她干什么用手肘顶我手臂的当下，兔子女突然挤进了我和柳树中间的小空隙。

嗯？现在是什么情形？这兔子女想暗示我什么吗？

微张着嘴，我支支吾吾地不知道该说什么、该问什么，只是环视了下周围。

我们就站在会场里人最多的地方，人和人的推挤是很正常的才对，嗯，很正常的，我想象力太丰富了大概。

撇嘴偷笑了下，我露出一副好认同的样子，眯眼而笑地出言补充柳树刚才的那句回应："哦，对呀对呀，而且你的手臂好细……"

"拉拉队？真的假的？"我话都还没说完，兔子女就一脸兴奋地看向柳树说，"呵呵，所以是赞美的意思喽？"

愣了一愣，我完全呆住，尴尬的笑容还挂在脸上，不知道该收起干笑，还是该让笑容继续挂在脸上。

"嗯？噢，欸，嗯。"连续用了好几个感叹词，柳树露出有点不知所措的表情看了看我，又看了看兔子女，最后才勾起右边嘴角朝她点点头说，"当然是赞美啊。"

心想大概又是因为会场太吵，这兔子女才没听见我在说话，眯起双眼的我于是撇下右嘴角，不气馁地坚持要附和说："嗯啊，当然是赞美喽。你看你的腿这么均匀，一点都没有……"

"啊，是吗？"羞怯地笑弯了双眼，兔子女咬了咬下唇，抬眼望向柳树那张定格的呆滞的脸回答道，"那，那就谢谢你啰。"

"……"

啊啊啊啊——够了！听我说话啊，听我说话！

怎么搞的，我都放大音量了还是没听见？

……我变隐形人了吗？

慌慌张张的我看向白内障，欲言又止地想问他看不看得见我。

像是感觉到我的焦急目光似的，白内障将视线移到了我脸上。

刚对上双眼，他用极度不解的表情回应着冒出一头冷汗的我，而下一秒才换上花样少年般灿烂的笑容。

“怎么了吗？”白先生维持着白帅帅的笑容，歪着头问向我。

“啊，”突然觉得自己的想法实在蠢，还在那边怀疑自己变隐形人，于是我慌了视线，眼球左右乱转，最后索性闭起双眼撇过头说，“没、没事。”

就在这一刻，我除了听见兔子女试着和柳树找出共同话题的零碎对话以外，我还听见白内障哧哧偷笑。

……咦？被误会我在偷看他了吗？啊——不是的，听我解释——

“要不要一起去跳日本舞啊，芸芊？”食指指向了中央舞台，白内障出言邀约，并露出一脸和善眯眼微笑着问道。

可他那笑容配上四周的昏暗灯光，看在我眼里就很猥亵啊……畏惧地缩了缩脖子，我绷着一张脸左右摇头。

“不了不了，我……我我……”

“她是肢残，不会跳啦。”刚回应完兔子女的另一个新话题，柳树就抢在我之前，帮我向白内障解释了起来。

“咦？不会跳舞？”

这句是睁大双眼的兔子女所提出的疑惑，但奇怪的是她问的人不是我而是柳树。

“呃，也不是不会跳舞啦，”一脸傻笑的我上下拍了拍空气说，“我只是不敢跳这种需要记舞步的舞，怕跳错会很囧。”

我不好意思地搔了搔后脑勺，而白内障则在我身旁说一些什么“跳错也没关系啦”，不然就是“没人会笑你啊”之类的安慰话。

我是很感谢他好心帮我加油打气给鼓励啦，但他那只在我腰际附近游移的左手是怎么回事？

有一刹那我简直想向他发飙，但这样好像反而会显得我情商太低，所以我只是一边笑眯眯地向那姓白的大淫魔道了个谢，一边用右手狠狠打掉了他那只正准备侵犯我腰部以下的王八乌龟手。

装自然的我移动了脚步，试着挪开我和白内障的距离，并同时用眼角余光看向离我较远的那两人。

好像她眼里只有柳树是人一样，兔子女眨着她那双时而无邪时而妖娇的媚眼，站姿妩媚地等待柳树说话。

“嗯，芸芋她……”瞥了我一眼，柳树肢体僵硬地向她解释我几秒前才解释过的，“她比较不会跳一些复杂的舞。”

“欸？为什么？”一副天真小女孩的感觉，她偏着头问。

“她怕出糗啊。”理所当然地，柳树扭眉笑着答。

“出糗？”

“就是——”微仰着头，沉思了一下他才又用那张招牌笑脸回答，“怕跳得跟别人不一样之类的。”

眨了眨无辜双瞳，兔子女咧开了嘴，两颗白亮的长门牙在唇下若隐若现，她笑笑地向柳树点了个头说：“噢，这样啊。”

“……”

我讲话她是听不见吗？！

蹙紧眉头低下脸，双拳紧握的我有点火。

眼睛只看得到柳树就对了！太夸张了吧？就算对柳树有好感，这女的也不用这么目中无人啊！

存心要我整个人烧起来给她看，啧。

就在我摆出太妹式的三七步瞪向兔子女时，柳树马上就奔到我身旁对我说了些什么，但被周围人声给覆盖了，我听得不是很清楚。

见我眨着不解的眼睛，他于是轻附在我耳边问：“要吃大阪烧吗？我过去买。”

下意识地，我伸手搓了搓被他呼热的右耳。

“不等日本舞表演结束再买吗？真的这么饿啊你？”附着他左耳，我问。

“不不，我没要吃啦。”反应超快地，柳树挥着手否认，左右张望了一下才又将嘴巴贴近我右耳说，“是要买来让你吃东西泄愤的啊。不然我怕你等一下会忍不住，直接冲过去打断她门牙。”语毕，他眼神还故意朝兔子女那方位瞟去。

“……”噗，哈哈。

看到没啊死兔子？你那什么鬼的费洛蒙对我们家柳树没用啦。

一边在心里窃笑，我一边用不屑一顾的傲慢眼神斜睨她，虽然也觉得自己这样有点过分啦，但……

咦？欸？嗯？等等，还是说，还是说现在重点是他怕我把她给打得不成兔形？

正当我想问个清楚，一转头，我就在远方看见某个人朝大阪烧进攻了。

“……”

啧，我是有说我想吃哦？我想饿一点才能出手重一点，不行哦？

“哈——喽——”像是终于意识到我的存在一样，兔子女将她那只摊平了的纤细右手在我眼前上下挥了挥，“发什么呆啊？”

“呃……呃那个……”

呃来呃去的我看着她虽然注意到我也是个人类了，但性情却和刚才柳树还在场时截然不同，连她那娇柔的眼神和笑容，此时都变得自负而傲气。

“嗯？”慵懒的半抬眼皮，她看着我呃呃啊啊的蠢脸，以顺带一提的口吻说道，“噢，双崎学长去帮我们买仙草冻饮了，如果你想问的是这个。”

“哦不，不是，我没要问这个。”我双手配合脑袋左右摇了一摇回答。

“哦。”一脸毫不在乎的她面向别处哦了一声，再度对上我双眼时，我听见她用阴冷深沉的语调提问，“你真的不是他女友吗？”

“不是啊。”刻意露出一副无心机的表情，我把头歪向了左肩说，“我不是你双崎学长的女朋友哦，不用担心。”

欠揍的笑容覆满我整张脸，我放软语气地向眼前这矮我一大截的兔子女解释，同时还伸手拍了拍她头顶。

“谁跟你说双崎学长！我是说……”

正准备推掉我那只覆在她头上的右手，兔子女倏地把自己接下来要说的话给硬生生吞了回去。

顺着她眼神投射处望去，我看见柳树正向我们跑来。

一在我们面前停下了脚步，他胸口起起伏伏大口喘着气，原本的跑步动作改成了原地踏步。

“刚忘了问你要什么口味。”艰难地吞咽了口口水，他对我憨笑说。

“……”

就在我优越感很重地正想勾起邪笑、斜瞥一眼身旁的兔子女时，柳树居然挑这种时候给我露出一张好好先生的脸，转而向兔子女开口问：“那你呢？你要吃吗？大阪烧。”

啊——他不是为了要让我吃东西泄愤才去买大阪烧的吗？为什么她这罪魁祸首也有得吃啊？

“我要玉米的！”

用力举直右手，那只双面兔装可爱地眯眼大喊。

而他则是扬起一贯斯文的笑容，向她点了点头。

够了！你脑浆干掉了吗？不要被她那样子给蒙骗啊——愤愤不平

地怒视着柳树，我撇嘴。

“那芸芊……嗯？你那什么脸？”目光终于摆到了我脸上，他露出一张三角形嘴不解了起来。

“鲔鱼，谢谢。”我撇开眼回答。

“哦，我知道了，是不爽我打扰你们聊天是吧？你们刚在聊什么啊？”双手插进口袋，他的问题在我听来还真搞笑。

反应实在迅速，身旁那兔子女笑弯了腰说：“没有啊，我只是跟芸芊说她今天红了而已。”

“芸芊红了？”

“我红了？”我怎么自己不知道。

不知道在俏皮什么，兔子女边看向我边戳了一下我左手臂说：“下午你和望秋走在一起的时候，我听到别人都说你们好般配耶。连我也觉得你们简直就像王子配公主一样。”

长长地哦——了一声，柳树颔首。“原来是在讲这个噢。”目光一转，他一看见大阪烧的排队队伍变短了就迈出步伐，大声说道，“啊，那我先去抢粮了。”

愣愣地，兔子女望着他奔向那光明的大阪烧。

愣愣地，我望着兔子女的精致侧脸，针对她刚才说的那句“你们简直就像王子配公主一样”而小声地说了声：“谢谢”。

虽然我想说的其实是：你也认为望秋像公主是吗？

不过想想还是算了的好，毕竟当事人刚好和她同班。

唉……不过我倒是现在才发现原来我是当王子的料，和那家伙比起来的话。

望秋很好，太好了。

他好到连一般女人在他面前都会自惭形秽，像我，又或者是蓉蓉。

无可否认地，他一直以来都维持着勇敢，怀着不得不的想法去维持。望秋知道自己女性化，知道自己的一切言谈举止会被世俗的眼光评为怎样的等级与阶层。

即使如此，他还是很娘。

他还是选择用自己的方式活在所有人面前。

好吧，也许不是所有人，也许他只在我们面前才能够卸下全部的武装，但那无所谓，至少他不会把自己一个人关着，至少他还会留把钥匙给我们三个人。

而今拿着钥匙，我在门内，却将他伤得彻底、伤得直接。

正当我再一次陷入自责、转移视线到脚下沙石地的那一瞬间，我瞥见了疑似蓉蓉的浅蓝色碎花浴衣。

往刚才那方向仔细搜寻着，唯一穿蓝色系浴衣的只有一位身高不到一米四，体重却像超过一百四营养过剩的小学生。

不可能，我刚才看见的明明是她。那个故意不接我手机，到最后索性关机的糟糕达人林可蓉。

也不顾兔子女刚才又和我说了什么，我不死心地环顾起四周。

“芸芊！”一双大手从我身后使劲儿摇晃着我双肩说，“俐姚叫你好久了。”

皱着眉头，白内障看着我问：“在找什么啊你？”

“没、没啦，只是……刚才还以为看到某个朋友走过去。”还有！你的手可以离开了！

正想暗示他请对我的肩膀放尊重点，他就识相地收了手。

“啊，抱歉，”我这才突然想起来说，“兔……俐姚刚才是有什么事吗？”一扭头，我对上了那双死兔眼。

“给，”将其中一杯颜色不同于其他仙草冻饮的饮料提到我眼前，她笑容可掬地说，“只是要提醒你，双崎学长已经把饮料买来了而已。”

“哦哦，谢喽。”

道谢，不是对兔子女，是对白内障。

有时候我会想，某些人对我的好，会不会其实都带有着什么条件？只是不愿明讲，而愿我能够自己察觉。

似乎没有人的付出不是为了回报。

至少那种人，还没被我遇到。

“啊！”随着音乐的突然播放吓了好大一下，兔子女拍着胸口帮自己顺顺气又说道，“吓死我了。”

“嗯？是土著舞蹈吗现在？”我边问边朝自己手上的表看去。

六点三十三。

“有兴趣一起参与土著舞蹈的各位观众，请在中央舞台的周围围成一圈，土著表演者将带领各位一起……”

一位女性工作人员透过扩音喇叭广播着。

“嗯，对啊，是土著舞蹈哦。”站在我面前的白内障用食指戳着自己双颊，还对我漾出一脸憨笑说。

翻了翻白眼，我说：“我也听到了啦。”受不了，一副未卜先知的样子。

“走吧。”

突如其来，白内障伸手一抓就把我给拉进了土著舞蹈的圆圈队伍里，连兔子女也不管就将她丢在原地尴尬地傻笑。

他的左掌心和我右手心之间的距离，为零。

好吧，我认了，虽然我描述得还挺浪漫，而这确实就应该是件很浪漫的事才对，可是他手汗真的多到快把我手上的细胞给全数淹死！

真是够了！他要是以后敢再碰我，我就把他的手指给一根一根折断！

“那个……不好意思。”

当我正忙着暗自在心里撂狠话时，我左边传来了一阵微弱的粗犷男声。

一转头，我才发现那是来自一位年约三十几岁，疑似今天是带着妻小来玩的成熟男子。因为我刚才才听见他左手牵着的那位女士用“老公”来称呼他。

“呃、嗯，有什么事吗？”我问向他。

接着他突然朝我伸出了自己的右手，一副示意要我牵他入队伍的样子。

“欸……那、那个，呃……”一脸羞怯地，他将音量压得更低了问，“可……可以吗？”

“……”

牵手吗？我是还可以，不是很介意啦，但你确定你老婆也这么觉得吗？不然她现在为什么要瞪我瞪得这么用力？

沿着我的视线望去后，下一秒他就默默牵着他老婆走掉了。虽然这种感觉比较像是他老婆牵着他走掉……

后来，我的左手牵上了一位日侨小朋友，我记得在今天的扛神轿表演中看到过她。一位身穿酒红色浴衣，小脸上戴着粗框眼镜的一位沉默小学生。

感觉就像看见以前的我一样，熟悉。

突然间，音乐一换，我们开始跟着圆圈队伍迈步旋转了起来。渐渐地，我发现队伍慢慢由一个圆圈断为好几个半圆。

加入的人太多，一个手连着手的圆圈，只好断裂。

随着节奏，向右走。三步之后，踢出右脚，同时跳跃。也不知道正确跳法是不是这样，但管他咧。

不自觉地，我咧开嘴，笑出了声。

“……嘿，芸芊，”白内障前后摇了摇我的手，他盯着我双眼说，“你笑起来比较好看哦。”

人声混杂着音乐的巨响，我于是调大了音量问：“意思是我不笑的时候很丑喽？”

跟着也漾出笑容，本来嗓门就大的他，接下来这句可说得更大声了，简直理直气壮：“欸——是你说的，不是我嘿。”

撇了撇嘴，我用力捏了下他那左手掌心，还撇过头以示不爽。

这一撇，我才猛然发现我刚才和兔子女站的地方多了个人——柳树。

他不知道和那只兔子说了些什么，让她双手捂着嘴一直笑，笑！她那样子简直是打算要把这辈子的笑一次笑完一样夸张。

又跳又叫又笑，她那种反常的反应我都快看不下去了。

换成是我的话，不知道会不会也同样三八？

有眼睛的人都看得出来那兔子女对柳树怀有怎样的居心，我也看得出来只要柳树愿意，他们绝对会是极出色的一对。

同样的白肤色，同样的文学气质，他和她的调调，吻合到我无话可说。

但不管怎样，我就是看不顺眼。

我看不惯一个才刚加入我们生活圈没多久的邪恶女，像个空降兵似的，突然就这样黏在柳树身边，听着柳树说一些我不知道的话。

——加入的人，变多了。

“喂喂，我开玩笑的啦！”扯了扯我右手，白内障一脸委屈还有那么一点装可爱的嫌疑说，“不要这么生气嘛——你看起来像是准备要去杀人啊。”

哟——这家伙观察挺细致入微的嘛。

为了重新展现出亲和力，我歪着头，向他眯眼浅笑讲：“没有啊，怎么会？”

踩着不断重复的舞步，我闷着一张脸朝别处看去。

别处。没有柳树，没有兔子女，没有白内障，没有丑陋的我，只有着令我瞪大双眼爆出怒火的林可蓉和她男友！

林可蓉那见色忘友的死人骨头！还在他身上蹭来蹭去！还蹭！还蹭！

你朋友在这边难过自己伤害了别人，而那个别人还同样是你的另一个朋友！林可蓉你可以再没心没肺一点没关系啊！

啧啧。

最后，土著舞蹈活动一结束，想也没多想的，我就朝会场后方的厕所奔去，而我确定这辈子没跑这么快过。

“去哪里啊，芸芊？”

起跑之前我还听见白内障发出的疑问。

然而，我实在不清楚他有没有听到我回吼“去厕所啦”这句，因为他居然跟在我身后跑。

“你也是体育班的吗，怎么跑步快成这样？等等我啊芸芊！”

回头，我看到白内障正在用手刀式快跑地向我奔过来，我于是边跑边朝后方惊呼：“你也要去女厕？你看起来不像女的啊！”

女厕和男厕刚好是反方向，我的天！我现在是不是该喊救命了啊！

“哦哦，原来你是要去厕所，”一脸恍然大悟，老天保佑他终于降低了换脚的速度，“要上快一点啊！烟火大会要开始了！”索性停在原地，他将双手扣在嘴角边向我大喊。

而我连头也不想回。

什么上快一点，我只是想去把你的手汗洗掉而已！

咔嚓一声，我扳开水龙头，手洗到皮都快要掉了。

“呼……”

幻想着从肺部深处呼出一丝丝晦气，我撑着疲惫不堪的双眼，一边按摩着后颈一边抬头。

“呵呵，辛苦了。”对着镜中的影像，我喃喃自语。

看向身后一整排的粉红色厕所门，我这才开始纳闷今天一整天我明明都有在喝水，怎么搞的我居然一点尿意也没。

将目光再次放回自己身上，我盯住自己的腰。

……会不会是因为腰带绑太紧了啊？

同时撇了下两边的嘴角，我双手叉腰对着镜子里的我皱起眉，歪着头。

唉——难怪我总觉得今天腰部以上有点水肿。

也不知道自己在白痴什么，我动手朝左手臂用力捏了一把，测试看看有没有水肿迹象。

真是太好了，这一转头，我连我手臂都没看到，脖子就扭到了，真是太好了！我从没在同一天内这么衰过，真值得庆祝。

……等一下的猪脚面线我吃定了！

以缓慢的速度，我放松了双肩，同时脸部扭曲到连我妈可能都认不出来。接着以同样的表情，我试着转了转头，但最后宣告失败。

于是我哭笑不得地干哭了两声给自己听，再长长地“啊”一声，发泄一下才终于打算走出厕所。

不过，在握上厕所门把前，无可否认我还是犹豫了。毕竟真不知道等一下白内障会不会又来侵犯我手上的细胞。

啧，这下子怎么办啊？相较之下我宁愿还待在这里按摩脖子，顺便把尿骚味都给吸光。

唉——真是疯了。

晃着脑袋，我深吸了口气，干脆一鼓作气转开门把。

“好慢。”

一推开门就出现的声音吓得我膝盖都弯了，我还以为那两个字绝对会是来自白内障那阴魂不散的家伙，没想到却是柳先生。

“我不记得我叫你等我噢。”无法克制地，我脸就自动臭了起来讲，“其他人……”

甚至连“人”这个字都才讲到一半，我就被拉着跑了。

搞什么！今天大家都约好了要把我手扯断是不是？

“你做什么啊？喂！我们要去哪里啊？”被拖在后面的我，用另一只手扶住自己的后颈一路咆哮道，“呼叫 Mr. 柳，听到请回答。”

“报告 miss 许。不重要啦，反正离厕所越远越好。”

“为什么？”

“因为你那张脸被熏得很臭啊。”

给我了个回眸，他同时笑得很欠踹。

我们就这样一直跑到周围的氧气开始消失，才终于停了下来。

“呼、呼、呼……好累，好累啊我的天啊——呼、呼……”双手撑着膝盖，我抬头试着瞪死他，问道，“这是哪儿？”

实在随性地，他喘完气就马上躺了下来。

“不知道，反正不重要。”

将双手枕在脑后，他一副无所谓地扬了扬眉。

那是一种，我梦寐以求的闲情逸致。

看着他那张脸，我忍不住地也跟着就地躺了下来。只弓起双脚的那种，贴地躺平。

“欸欸，你觉得……这里看得见烟火吗？”我边整理着被地心引力给诱拐的头发，边看向他的侧脸问。

他静默着思考了一下，才开口说：“不知道，反正不重要。”

“……”

“对了，你要不要先吃点大阪烧？”半坐起身，他拎起那袋刚被他摆在一旁的塑料袋问道。

依然躺着，我闭起眼，不自觉地笑着回答说：“不知道，反正不重要。”

“……”

这次换他沉默了，压在沉默之后的，是一成串沉稳舒畅的笑声。配合着笑，他在我身旁再次躺了下来。

——什么才是最重要的，我们都知道。

过了全世界仿佛只剩下遥远人声的几分钟后，烟火，终于被轮流释放。

一枚一枚地被抛向了夜空，努力绽放自己的最初，再奋力燃烧自己的最后。

虽然刚开始放第一枚烟火时，我确实被吓得差点尖叫，但随后爆发在眼前的画面，让我连怎么尖叫都忘了。

没时间尖叫呀，毕竟连零点零一秒都舍不得错过。

爆裂后所落下的余光，简直比狮子座流星雨还不真实。

“有许愿吗，刚才？”

眼睛离不开夜空中的画面，他问了我这么一句。

“……来不及。”想了想，我更正说，“嗯——应该说是没空。”

带着鼻气笑了一声，他出言讲：“以前只要是有类似流星的东西，像是烟火啦、飞机飞过啦……我都一定会许愿，没有例外。”

“咦——是哦，什么愿啊？”才一问出口，我就捂起了嘴说道，“啊，是不是不能说出来啊？不然好像不会成真哦？”

“没关系啦，反正已经成真了啊。”在烟火与烟火爆发的中间停顿点，他对上了我的双眼回答说。

“……”

那一瞬间，我的心脏告诉我，它忘了怎么跳动。

“我希望变苗条，哈哈。”

“……”

这一瞬间，我的心脏告诉我，快动手杀了他！

“怎么了？干吗不回应人家一下？”

轮到我对他翻白眼了这次。“……相信我，把‘人家’这个自称留给望秋用就好，拜托。你实在很不适合。”抬眼想了想他刚才说的愿望，我出言确认道，“你真的许那种愿？”

“嗯。”闭着眼，他点了点头说。

“你以前很胖吗？”

我瞪大眼不敢置信，并开始上下打量他。

“嗯嗯。”撇着嘴，他再次点点头回答。

“真的假的？那你怎么瘦的？”老实说吧，我根本不相信许愿真的有用，许愿只是形式上的一种满足而已，我一直是这么认为。

“总不可能某天早上一醒来就变现在这样了吧？”压低左眉，我开他玩笑说。

“真的就是这样啊，”换上一脸假天真的表情，他故意眨了眨眼回答道，“大概是上帝趁我睡觉的时候，派小天使来帮我抽脂吧。嗯……要不然就是小飞侠派小精灵来撒神奇金粉喽。”

“第一，彼得潘的小精灵叫作 Tinker Bell。第二，Tinker Bell 的神奇金粉是用来飞的，不是瘦身用！第三，你根本就当我低能儿对不对？第四，吼——快点啦，偷偷传授一下啦，我不会告诉别人，真的！”

“嗯……”一脸挣扎，他皱了皱鼻子讲，“可是，这是独门密技哦——”

微张着嘴，我白了他一眼，两眼，三眼，四眼……

“就多运动多流汗呀。”

什么话，这还用你教！

“好了不要唬我了，每个人都这么说，我就没看他们有你这么瘦。”蹙紧了眉，我鼓着右脸颊催促道，“快点啦，教一下。”

大概是被我的手肘戳到不耐烦了，他终于妥协。

“哇哦……好吧——”

怪的是下一秒，他竟然慢慢爬了过来，双手伸直撑在我双臂旁，下半身还呈跪姿地跪在我平躺着的身体之上！

即使他连我的半寸皮肤都没碰到，我还是免不了地迅速涨红了脸。感觉整个脑袋都要和现在正向上飞升的这枚烟火齐声爆掉。

缓缓地，他将嘴靠近、靠近、靠近了我右耳，并悄声开口：“那……我现在就来教你怎么运动和流汗才瘦得快喽。”

“……”

然后我就真的让他见识到了什么叫作被夹脚拖给活活打死。

这世界怎么了？

失去感情就不能运转吗？

我又是怎么了？

简直像齿轮一样，他们一停止运转，

我竟也被迫静止原地。

Chapter 5

“你是猪吗？”

看着眼前那位盘腿坐在零食和零食之间的林可蓉，我实在看不下去地说：“昨天秋祭吃过量就算了，你有必要续到今天来吗？”

目不斜视地盯住电视，她无动于衷地继续咀嚼着嘴里的卡迪那说：“怎么？我是猪你很不爽吗？”

“……那倒还好，”翻了翻白眼，我站在她身后提醒道，“但你从今天早上吃到现在的每包零食都是我买来的囤粮！我买的！我的！”

看着蓉蓉又神速解决了一包卡迪那，我对于接下来所看见的画面感到不可思议加忍无可忍。

“够了！林可蓉你给我放下那包五香乖乖！”

趁她还没撕开包装，我身手敏捷地抢回她手上那仅存的最后一包乖乖。

简直像迟缓儿一样，她连转头看我这动作都要花上个五秒，又讲道：“好意思哦你？明明是用阿树帮你赚来的钱买的，还敢说。”

蹙起了眉头，我开始怀疑这女的会不会是电视看太多而导致提早痴呆：“所以技术上来说，那还是我的没错啊。放下王子面！”

丝毫没要放手的意思，她将王子面捏得超紧。

“给你个良心建议，”疑似是在转移话题，她告诉我说，“真的，不要利用别人。”

……什么？开什么玩笑？

“我才没有！是他心甘情愿的啊。”

“不要利用别人，拜托。”

她一脸认真，一脸认真地吃起王子面。

白了她一眼，我再次强调说：“我都说了是他……”

“不要利用别人的心甘情愿。”

不要利用别人的心甘情愿。

在那一刻，说话的简直是另一个林可蓉。

眼神强化着神情，语调强化着语气。好像周围都结了霜一样，一层不寒而栗的冰冷覆盖住她。

怎么说呢？我有点不知所措。

“……怎么了你？吃错药哦。”

挑高了双眉，她噘嘴说道：“没啊，没怎样。跟平常一样，心甘情愿被利用了好几个月喽。”瞬间回到原本的林可蓉模式，她无所谓地耸耸肩。

“……”

“你那什么脸啊。”看着我，她苦笑了一下讲道，“习惯就好了，又不是第一次被甩。”

一时还找不到表情好回应这句话的我，回想今天以前的他们，是哪一步出了差错。

仔仔细细回想到一半，我才猛然想通了地惊呼起来说：“是望秋的世纪大胸肌害的？！”

“对呀对呀，当然……瞎说啦！谁跟你世纪大胸肌害了我老处女！”

忍到最高极限的我终于笑出声，但下一秒我却看见她脸上没有出现任何笑意，我于是识相地闭嘴噤声。

一直到蓉蓉再度将王子面送进嘴里的一刹那，我才吞了口口水找回自己的声音说：“欸——可是、可是昨天你们明明就……”

刚说到这，我就倏地捂住了口。

——可蓉，我们该谈一谈。

根本，就和昨天的每件事无关，那个他，那个提早退出他们感情世界的人，早就准备好了要谈。

“昨天是，最后一天。”突然，她说。

我皱了皱眉头，脖子不自主地向前伸，并问：“什么？”

最后一天？

舔掉了黏在牙齿上的王子面泥后，她才悠悠哉哉地向我解释说：“当他提出分手，我们做了笔交易。”

走到她身边，我将目光移向她的脸问：“交易什么？”

这年头感情的结束，也可以拿来交易，是吗？

“交易什么哦？嗯——可以说是，用我最后一天的身份，换回他最后一天以后的自由吧？嗯。”文绉绉地，她下了注解。

“嗬，真可笑，”她笑，皮笑肉不笑地耻笑着自己说，“昨晚回家之后，我才发现那什么鬼交易有多可笑。”

“那个人心从来就没在我身上过啊，我干吗还坚持要占据一个没用的外壳啊。”噘了噘嘴，她生气，生自己气地说，“有没有这么智障，早知道就跟他要个十八克拉钻戒当交换条件！”

最后那句话，骂得还真没魄力。哽咽着骂出口，一点魄力也没有。

有的只是鼻酸。

抿着嘴，我在她旁边坐下，将头靠上她问：“一个你爱上的外壳，比不上十八克拉钻戒吗？”

“讲什么废话，”一次又一次地，她擦了擦眼泪说，“比得上个头，也不想想我谁哦拜托。”用力吸了一下鼻涕，蓉蓉咧嘴而笑。

我把视线压得低低的，配合性地扬起嘴角，却怎么也不敢看向她的笑。

反正是假的，看了等于没看到。

大概是对于我的不予回应感到纳闷吧，蓉蓉换上不解的表情强迫对上我的目光，我于是眉压左眼地开口说：“说得也是。”

说得也是……是吗？不过是个耐不住感情倦怠期的人，就真的罪不可赦了？

好吧，我知道这种话由我来说实在很没义气啦，但冷静想想，他也不过是在对方陷得更深之前收手，不过是在提早摧毁一颗少了一人的双人星球，好像不该就这么被贬为垃圾败类？

我知道他是为了激怒分手不久的前女友，才死命追求一直身为他朋友的蓉蓉，连蓉蓉自己也明白他的心机。

但那又如何呢？偷偷爱了他整整四年，蓉蓉哪里还有办法去在乎他送她的每样礼物是不是另一个女人退回的爱情遗物？

被冲昏头了，那个老是理性的林可蓉。

事到如今，事实是，那个人还是不爱蓉蓉。就算爱，也不够爱。

连时间也无法改变的事情，就叫事实。

“欸，羊羊，”用手肘戳戳我手臂，她突然用头蹭了蹭我，同时紧眯双眼，一不小心就让泪液流出了眼睑。“真的……很不值得。”

真的，很不值得爱这么一场；真的，很不值得用最舍不得的，换来自己一天的廉价；真的很不值得，很不值得。

“……”

究竟要多久啊？到底要秒针分针时针跳动几次，她才会发现其实所有都是值得，其实当下做决定的那一刻，也懂得是值得。

伸出右手，我学着昨天的柳树，将她半搂入怀讲：“哭什么哭啊你，你还是有赚到啊是不是？嗯？”

“……”

“不是只有他拿到自由哦。”

噢——好啦好啦，我也知道这种安慰方式一点用也没有，但忍不住地，我还是想说些什么，而不是在看到她的眼泪时，只以无声带过。

结果，没想到林可蓉听到我这句话又哭了，这下子哭得更惨烈了。

……怎么我真的很不会安慰人是吗？

“我、我……”抽泣得实在夸张，她哭到眼线都被泪水洗光光了，“我一定要拿回我不想要的吗？”

分开了我们那两颗黏一起很久的脑袋，我笑着抽了张纸巾，将她脸上那两条黑黑的泪痕抹掉。

“当另一个人想要，你也不得不要啊。”我苦笑说。

试着勉强止住眼泪，她皱了一下鼻子回答：“……真惨。”

看着她脸被我抹得越来越模糊，我憋住笑意，故作镇定。

“谁、谁叫你要玩这种互相捆绑的游戏。”我一边想着要怎么让她进厕所洗脸而不先看到镜子，一边出言补充道，“要玩就要遵守规则——”

“切。”

她嗤之以鼻地撇开脸，将剩下的王子面全部倒进嘴里，然后起身走向了厕所。

“……”

唉——都用食指塞住耳朵了，我还是能听见她在厕所尖叫着要杀了我。

“蓉蓉、蓉蓉，”隔天一早，我都洗好脸化好妆了，蓉蓉还埋在床上，“蓉蓉起床了，再不起来会赶不上点名啊！”

“嗯……”

动了一下，她将捂在枕头里的脸微微抬起了几厘米之后，又迅速地埋回去。

“快点啦，我煎了两份蛋饼还泡了两杯绿茶，会冷掉啦。起来！”改抓着她的双肩，我大幅度晃动并叫道。

整张脸依旧埋在枕头正中央，她摇了摇头说：“今天不去学校了，帮我请假……”

“说什么鬼话，我又不和你同班。”

抓着她的后脑勺，我左右摇动。而我这才发现她枕头已湿了一大片，逐渐向外蔓延，晕开，扩散。

“手机拿来。”

声音闷闷的，闷到几乎听不出鼻音，她伸出右手并向我摊开了手掌。

“……”

不发一语地，我就抓了她床头柜上的手机给她。

连看也不用看，她就按了先前设好的快捷键，拨出。

稍微侧着脸，她以不让我看见正脸为原则将手机贴近嘴边说：“喂，阿树，请假，谢了，拜。”三秒的时间就迅速解决。

……我能想象电话那头的柳树现在是什么表情。

“那——”我看了一眼摆在桌上冒着热气的双份早餐问她，“那早餐我摆在桌上，你等一下再吃好了？”

连考虑也没有，她毫不迟疑地就拒绝。

“我现在好想吐……真的吃不下，对不起。”

“……”

将视线移到她昨晚造成的满地的空酒罐，我开始庆幸现在在她枕头上晕开的不是呕吐物。

很好，蓉蓉搞自闭连学校都不爽来，望秋也搞失踪直到星期一都和我避而不见。

这世界怎么了？失去感情就不能运转吗？

我又是怎么了？简直像齿轮一样，他们一停止运转，我竟也被迫静止在原地。

从来，就需要依赖。

在模模糊糊的记忆里，我记得再清楚不过。自从妈再婚的那天起，我就不再表现出这一面——我依旧需要个依赖好耍赖的这面。

妈该脱离苦难，脱离自责，那是她应得的，我这么认为。

但老实说好了，她的再婚对象我实在……不是很喜欢。

噢——好啦好啦，是很不喜欢。

妈一直希望能带着我一起住进她新老公的豪华别墅，但我二话不说就以强硬态度拒绝了。

不是刻意表现得我好像已经足够独立，表现得好像我不再只是个拖油瓶，而是我怎么也无法接受那个男人。

那个男人。我会承认他是我妈的新老公，但很抱歉，我永远只有一个爸。

就这样，不知道算不算幼稚，但绝对算得上任性的我，拒绝每天都得向那陌生人叫爸爸，也拒绝每天目睹妈和他黏在一起。

再附加一点个人偏见——我总认为那男人的长相有点儿猥琐……

总之，不管怎样，妈还是尊重了我，总是尊重我。

我于是从她的生活范围中抽离。

亲爱的妈妈不知道有没有终于比较快乐了？

我想，我唯一能确定的，是她终于拾回了自由。

上个月才和新老公去巴黎度了二次蜜月，到现在还舍不得回来咧。

当然，我到现在都还没让她知道前阵子的车祸意外，也没让阿姨通知她。

毕竟自己都和自己说好了，不可以再动摇妈的每一次难得。

整个上午的课，我几乎都看着黑板在想妈，一个人在座位上安安静静地想着一堆只有自己能懂的话。

出人意料吗？班上居然没有一个可以聊到心坎里的人。

再找不到人聊天，我就、我就……我就去睡觉！

唉——其实还蛮可悲又蛮落寞的。

但又能如何？我天生就是个恋旧又执着的人啊，这点简直和爸一样，这我不否认。

爸没什么朋友，除了那位带着他的资金潜逃的朋友。

讽刺吗？或许吧。

不过我知道我根本就没资格批评他什么，毕竟把鸡蛋全放在一个篮子里的，除了他，还有我。

能怎么办呢？我仍然无法在短时间内就对他人卸下一定程度的防备。

或许每个人都是这样没错，只是，我所谓的“短时间”，通常是指两三年。

“冼银芊！冼银芊揍在哪里？冼银芊！”

正当我还在思考等一下能和谁一起吃午餐，就听见台上的租税法老师叫唤着我的名字，还疑似是问说我坐在哪里。

……她台湾话嘛，没办法，听久就习惯了。

“是，老师，在这里。”

迅速举手，我提醒她我在出席。

抬头，她瞥了我一眼就马上提问：“所得税法规定，个人因执行职务而死亡，其遗嘱注明将抚恤金给子女，则抚恤金扣税不扣税？”

“……”

扣税？是扣掉税额的意思吗？啊！糟糕，我不知道。

全身上下都冒着冷汗，我慌乱快速地翻阅着手中的租税法课本。

紧张到快暴毙，约莫过了五分钟，我终于在课本上看见类似的字句。

上面说，在这种情形下的抚恤金是全部免税。

所以，如果说扣税是扣掉税额的意思，抚恤金又是全部免税，那答案应该就是可以扣税喽。

沉思了一下，我猛然抬起头，笑着大声回答道：“扣税。”

“……”

哈，答对了吧？没想到吧？没想到上课睁着眼睛睡觉的人都可以答对吧？哈哈哈。

就在我忙着夸奖自己，还暗暗考虑要不要跷个二郎腿来抖脚的时候，她换了不屑的眼神透过挂在鼻梁上的老花镜看向我。

“错了错了！是不用扣税。”

“啊？”不用扣税？不扣税？“可、可是课本上明明就写……”

“扣本上写全部免税啊，在第四百多页自己找啦。好了，下一题我们找其他同鞋起来肥答。”

好不负责任地，她右手往外一拨就示意我不准反驳，这里她最大。

真是够了，全部免税不就是可以扣税的意思吗？

……嗯？等等，她、她刚刚说，不用扣税？然后又说……扣本？

她的扣本等于课本？所、所以……

“欸欸，”坐在我左方的班长伸手戳了戳我手臂说，“她刚刚是问你，抚恤金课税不课税啦。”

捂嘴窃笑了一下，她解释：“答案是不用课税，因为全部免税啊。她的扣跟课要自行分辨哟，哈哈。”

“……”

不好笑！这明明就很冤枉！

挤出两条法令纹，我无奈地撇了撇嘴。

抱着想幸灾乐祸的心理，我注意下一个被她给叫起来回答的衰蛋有没有一样衰，结果她问题才讲到一半，下课钟声就响了起来。

“综合所得税的纳税义务人，按规定减其最低个人……好了，今天先上到作里，接下来的下次再请同鞋肥答。下扣！”

……有没有这么准时!

迅速抓起讲台旁的名牌包，她在最后一声下课钟响结束前踏出了教室。

要赶着去跑场吗？每次都一副时间表排很满的感觉。

“呃……那个，芸芊。”双手紧握在背后，班长缩着脖子说，“不好意思，我——”缓缓地，她双手从背后伸到我面前，手中正捏着一封粉红底色配上白色蕾丝花纹滚边的精致信封。

情书吗?

噢——星期六才拒绝个望秋，今天还来?

“我……我我想请你帮我拿给柳树！麻……麻烦你了，拜托。”双眼紧闭到鱼尾纹都跑出来向我打招呼了，她低下头，全身紧绷到微微颤抖道。

哦，原来如此……我还以为我这么有男人味咧，专门拒绝女生。

“可是……”随着我这两个字，她抖得更厉害了，但我还是得说下去，“可是你亲手拿给他才有意义啊。”

倏地抬头望着我，她皱着眉头，水平拉开了嘴唇讲:“拜托，我……我我连这样拜托你都紧张成这这这样了，我真的……真的没办法亲手拿……拿给他啦。”

叹了口气，我一脸无奈地勾起一丝苦笑说:“好吧。”

社室大楼。

连午餐都没买，我就前往了社室大楼。

活像个隐形人似的，我默默从那群正在一楼忙练舞的热舞社社员旁经过，按了电梯就没再回头看。

不太敢看。

总是这样，他们的热血感染不了我，只会让我觉得自己是不是提早老化到该回家织个毛衣给我未来的孙女。

老是抓不住韵律感和节奏，我连踢个毽子都能用毽子把别人给砸瞎。尤其是童子军团发明的什么“给我一个tempo”游戏，每次轮到我就代表要重来了。

翻了个白眼给自己，我搭电梯到四楼，远远地，我就看见摄影社空无一人。

向前一看，才发现摄影社里的大白板上写着:外出开会，有事留言。

八个大字和两个标点。

……这些人又在开秘密会议了，真是。

眯眼噘了噘嘴，这时我突然涌上了股尿意。

一定是早上狂灌了两杯绿茶的关系。啧，奇怪，一个人失恋为什么总要两个人受罪，唉!

又不是不知道我勤俭持家到几乎抠门。开玩笑，蛋饼要钱、绿茶茶包也不便宜！家里那台小冰箱昨天还突然坏掉，蛋饼连冰都不能冰。新闻又说什么茶包泡久会释出过量的氟，害我干脆一次解决。

昨天那女人居然还把库存的啤酒全给喝光，还骗我说啤酒不冰会坏掉不能喝，我呸！要不是我真不懂啤酒，我才不会智障到让她全喝了。

今天回家一定会看到她又去买了一打新啤酒回来。

惨，失恋又破产，我看她怎么办！

呼、呼、呼，好了好了，冷静点许芸芊，现在重点是社室大楼的厕所到底在几楼啊，我的天！

从刚才开骂的第一刻我就搭着电梯往上一楼一楼找了，到现在都找到七楼还没找到！天啊，不要告诉我厕所是在四楼以下，我会呕死！

救命啊！我的膀胱！

带着那再憋几秒就会爆炸的膀胱，我终于在九楼的角落里找到了厕所。

唉，连厕所也要藏这么隐秘，有必要吗？有吗？！

真是够了，憋尿憋到快往生。

一冲进去，我看也不多看就奔进了第一间，上一秒我还纳闷说怎么搞的，社室大楼的清洁人员这么勤劳，把厕所扫得闪亮亮，然而下一秒我就懂了。

门锁锁不起来！

但我真的真的已经没办法了，基于我膀胱已经进入爆裂倒数阶段，于是我只好一咬牙，左手拉住门把，就这么直接来了。

呼——老天保佑。

当我艰难地仅用一只手拉好裤子拉链准备出门洗手时，我听见由远而近的脚步声，伴随着两个音频颇不相同的女声传来。

“你真的确定要加入摄影社哦？”音频较低的甲女一边转开了水龙头，一边提问。

进了厕所，成功锁起另一间厕所门的乙女语带失落地说：“嗯啊，可是他们今天都不在社室。”

“刚看到了，他们去开会。”扭紧水龙头，甲女放大了音量回应道，“欸，你怎么会想加入摄影社啊？我不记得你喜欢拍照啊。你连自拍都排斥不是？”

“拜托哦，我是冲着摄影社社长才想加入的好不好。”这句话，夹杂在冲马桶的水声里。

“哦哦哦，我知道你说谁，柳树学长嘛对不对？”好兴奋地，她对着刚打开厕所门的乙女爆料说，“我姐也超喜欢他的，暗恋快一年了，不是盖的。”

“啊？那干吗还不表白啊？”听起来很是不敢置信，乙女边洗手边大肆评论了起来，“她该不会是为了维持矜持吧？都什么年代了哦，拜托噢。”

“不是啦，”在水声停止的那一刻，甲女降低了音量问，“他有女友了啊，你不知道？”

默不作声地，我继续握着门把，顺便继续偷听她们颇具震撼性的八卦。

“当然知道啊。我还知道他们有同居过咧。”好得意的乙女根本不怕别人听见似的放大音量，继续说，“不过听大学部的学姐说……他们后来好像大吵了一架，所以决定分开一阵子。”

奸笑了一声，她下结论讲：“他们一定是吹了啦。”

“是吗……”甲女怀疑地沉吟了一下，“可是我听我姐说他们好像还有联络的啊。”

在盖上口红盖的声音消失后，才又传来乙女的反应：“管他咧，有吵过架就代表有裂痕了。”发出抿嘴唇的啵啵声后，她又附加了句：“有裂痕的杯子，是无法再用来装水的。”

“哟——讲什么文艺腔啊你。”甲女酸酸地损了损她。

“乖——多读点书，相信你也可以的哟——”

“哈，我看根本是多看点韩剧背台词吧。”

渐渐地，她们的对话声听起来一句比一句远，最后消失在电梯门关上的声音中。

直到门外什么声音也没有了，我才缓缓推开了厕所门，洗手，洗脸。

抬头，我捧起水，朝着面前那面镜子泼去，第二次、第三次……我一次又一次地泼洗着镜子。

试着将镜子那头的我，泼洗干净。

心情太脏了，毕竟。

不要拿这症状来开玩笑。

你可以当着我的面讨论它，

你可以和我一起研究它，

但就是请你不要用轻蔑的态度来看待它！

Chapter 6

——听大学部的学姐说……他们后来好像大吵了一架，所以决定分开一阵子。

原来是因为吵架。

难怪……我就奇怪说怎么可能会有人放纵自己男友放纵成这样。说她是浪荡女，也太过主观了。

毕竟人生和电影，到底还是不一样。

电影可以告诉你，主角最后终究会找到他的专属幸福；而现实只会告诉你，你的专属幸福已经不再是你的专属，甚至，你以为的专属幸福，原来同时也可以是其他人的专属。

或许人类都过于自私，自私得一再忽视法律明文的自由权而不自知。

“哎，拿去。”

好不容易约到柳树后，我将班长昨天交给我的任务达成。

吞下嘴里嚼烂的猪脚面线，他愣愣地看着我刚放在桌上的那封粉红色蕾丝边情书，一言不发。

对，我约他来吃猪脚面线。

不好意思哦，不知道是不是我抗压性太低，但我真的觉得最近衰到爆炸。再不吃个猪脚面线过个运，我看家里那台电视大概会步上冰箱的后尘。

夸张地愣满五秒钟后，他终于清醒过来问道:“这是……情书吗？”

“嗯啊。”

废话，要不然它看起来像挑战书吗?

“……”又开始进入傻愣状态，柳树微张着嘴双眼直视着我，露出一脸惊讶和复杂。

而我这下才会意过来。

“哦，哦哦，不不不是啦，这不是我写的啦。”急急忙忙慌慌张张地，我快速地挥挥双手否认说，“这是我们班班长给你的。”

“哦。”看不出是松了口气还是有些失望，他若有所思地将那封精致信件收进斜背背包里。

“桃花很旺哦你。”吸了口面线，我用手肘戳了戳他说，“昨天还在厕所偷听到有人要倒追你。不错哦——”

眼球挪到了一旁，他撇了下嘴角说：“好个头。”

“哎哟，凶巴巴，小心长皱纹。”边嚼着面线，我边嘟哝。

而他回瞪我，凶了一声说道：“你喜欢拒绝人哦？”

“……”

“笨蛋。”勾起了右边嘴角，他拍拍我的后脑勺说。

在那一刻，望秋和那个人的脸，同时浮现。

那个人，那个明明对我而言如此重要不可或缺的角色，当年的小男生。

怯懦地，将他的手编手环连同幸运都送给了我，而我却亲手砸碎一切，也许不算是一切，但至少也砸毁了个环节。

我们之间的情节，从此失控。

他亲手递给我的那圈幸运手环，不知道跑哪儿去了。

应该在我原本的公寓吧?

有时候我会怀疑，是不是我搞丢了他给我的幸运手环，我才会遇上这些事情。

正当我还在思考什么时候回公寓去找幸运手环时，柳树伸手戳了戳我右肩。

“嗯？怎么了？”突然反应过来，我惊醒地问道。

“汤洒出来了啦。”伸出食指，他指了指桌上那摊面汤说。

哦……难怪我就觉得汤匙怎么慢慢变轻了呢。

一脸慌张地，他跑去柜台抽了三张纸巾来帮我收拾残局。

看着他手忙脚乱的，我忍不住闷声笑了出来。

“嗯？笑什么？”

我捂着嘴，摇了摇头说：“没啦，只是觉得大家心目中的白马王子，现在像灰姑娘一样在帮我擦汤，好跳 tone 哦，哈。”

撇了一下嘴，他用鼻子“笑”了一声，还很没魄力地斜瞪着我讲：“还不是因为某人刚刚不知道在想什么呢——思春哦？”

“……你真的很想用猪脚面线洗头对不对？”盖下了二分之一的眼皮，我双手捧起了面前的汤碗问他。

“你真的很喜欢威胁人，对不对？”

将脸凑近了我，他一脸挑衅地勾起一弧邪笑在唇边。

动作超迅速地，我舀了一大匙面线汤就往他头顶淋下去。

“……”

“……”

微微地、慢慢地，他张开了嘴疑似准备要说些什么，但我心一急就直接抢在他前面出言澄清顺便辩解道：“是……是是你自己要靠过来的哦！”

啊……好弱。

“什么跟什么？我靠过来不代表要洗头啊！”他双手呈龙爪貌手心向上，眼球上移看向自己那头秀发，还给我露出一张崩溃脸。

“明明就没那么夸张，好不好！”

伸手，我朝他的左边太阳穴推了一下。

而他也真是够配合的，整颗头都随着我的手指推力，歪向了我推的那方。

没想到，刚才那瓢汤汁就这么从他发丝间快速地流了下来，还顺着他歪头的动作以迅雷不及掩耳之势流进了他左眼。

“啊——”他捂着眼睛哀叫。

“啊——”

我起身，一手拨开他那只捂住眼睛的手，一手迅速抓起桌上那团纸巾帮他擦眼睛。

“……”

无言了一下，我看出他正试着冷静下来。

“你现在手上这团……”用食指指着我手上的纸巾，他眯起双眼向我提出疑问，“是不是我刚才帮你擦桌子的纸巾？”

吞了吞口水，我倏地静止不动，过了三秒才慢慢坐回原位。

眼球移向了左上角，我开口说：“不是。”

“真的？”

“真的。”

“真的？”

“假的。”

……老实招了之后，我才发现原来我也挺倒霉的，事情越搞越糟糕。

内疚到极点的我低下头，同时听见隐隐的哼哼笑，从他喉咙深处传来。

“你在笑吗？”瞬间抬起头，我双眼刚好捕捉到他憋笑憋得很用力，还硬要装出一本正经的扭曲脸。

“没有啊，我很生气。”

嘴角些微抽动着，他努力把自己的脸部表情调到很生气模式。

“可是我刚才有听到你在笑啊。”试着对上他向下投射的目光，我弯了腰讲道。

“你梅尼埃病发作啦。”

“……胡扯。”

用力放下筷子，我双手抱胸把脸撇向一旁。

不要拿这症状来开玩笑。

你可以当着我的面讨论它，你可以和我一起研究它，但就是请你不要用轻蔑的态度来看待它！

难过。它会让人感觉生命一点也不好过。

天旋地转的世界，只剩下自己独自一人，孤寂到让人错以为时空扭曲着把我吸进了异次元。

无助到连心都要被撕碎。

“嘿，我开玩笑的嘛。”

把头歪向了右肩，他露出一张带有苦命八字眉的哀怨脸。

“不好笑。”我一点也没有想正脸看他的意思，回答说。

“嘿，我开玩笑的嘛。”

双手指尖全扣上了桌缘，他弯下腰，让桌面以上只露出他的上半脸，感觉像只做了错事的蠢狗。

“都跟你说了，不好笑。”

闷闷地，我强迫自己不看向他那张狗脸。

“嘿，我开玩笑的嘛。”加入了哭腔，他摇了摇铁桌要我看他一下，结果反而害我被铁桌敲到肋骨。

闷哼了一声，我扭头瞪他。

依旧是一副八字眉，他这下配上了露齿憨笑。

又一次地，他说：“嘿，我开玩笑的嘛。”

“……”

然后，我们就笑了。

解决了各自的猪脚面线后，在老板还没拿出擀面杖把我们赶出店门前，我们迅速付了钱，并踏出老板的视线范围。

为什么连客人也要用眼白看我们呢？凶死了。

撇嘴皱了皱鼻，我转头，看向一旁商店橱窗里摆放的凡·高仿画，不自觉地就停下了脚步。

是《星月夜》。

“怎么了？突然停下来。”

倒退走了几步，柳树顺着我的视线望去。

“你也知道凡·高是吗？”

舔了口手上的香草冰激凌，我双眼依然直盯着那幅画作，含糊地问向身旁也停下的他。

“是什么？”压眉而笑，他感到莫名其妙地问，“你习惯话只说一半吗？”

“嘴巴在忙呀。”舔掉了那条顺着甜筒流到手上的溶冰，我解释说，“我说梅尼埃病啊，听说凡·高也患有这种症状。”

“我以为他只有精神分裂。”好诚恳地，他说。

从橱窗的投影，我看出他没有跟我开玩笑的意思。

“我知道，他是因为精神分裂才割掉自己左耳的，大家都这么说。”微微将脸向左上方仰，我斜斜地看着他正专心地检视那幅画，“可是有学者研究说，他就是因为梅尼埃病产生的幻听和耳鸣……哦，还有暂时性失聪，所以才疯狂到割下左耳的。”

“而且——在这幅《星月夜》里的旋涡状星光啊，看到了吗？那些都是。”伸手，我用右手食指贴着玻璃橱窗，指了指画中一颗颗的星光。

“看到了。我也看到店里的柜台小姐在瞪你。”他点点头，回应道。

大不了我等一下就拿柳树的外套帮她把橱窗上的指纹擦掉嘛，臭脸什么。

“管她呢。反正那些星光啊，听说就是在凡·高眩晕的时候看到的景象。”一点也不把店里的柜台小姐放在眼里，我不由自主地就将整个右手掌贴上了橱窗，简直就像触摸到了凡·高一样。

哀伤的深蓝扭曲着辉煌，暗黑的柏树刺杀了夜空，而画中底部的村落，线条却整齐得有条不紊，反差极大地与上空那片扭曲分离开。

底部的所有，看不出天上的沉郁。

外表是如此的宁静平和，内心却纠结而躁动。

“像吗？”突然地，他指了指《星月夜》问。

“嗯？”我一脸不解，扭头对上他的目光说。

“病发时看到的景象，真的就像这样吗？”

随着他的视线，我再次盯上了橱窗内的画。

“嗯——差不多。”

忽然间，他变态一样把头伸过来，将我手上那支溶到快变液体的冰激凌舔了一整圈。

“你、你你你——你你你！”

用左手手背抹了抹嘴角，他得意地露出王八蛋笑容说道：“感谢我吧，不然你现在就要准备去洗手了。”

妈的！这人有神经病！

“我宁愿去洗手！”

“哼——不知感恩，”翻了翻白眼，他将自己手上那支巧克力冰激凌挪到我面前问，“不然我的也给你舔一圈补回来好了，计较鬼。”

谁在跟你计较这个？正当我想开骂的那个当下，他就抢在我前面开口了。

“啊！”迅速把他手上的巧克力冰激凌移回胸前，他露出一副突然想起什么的样子说，“有梅尼埃病的人不能吃巧克力吧？好险好险……差点忘了。”

喃喃自语着，他自顾自地就往前迈起步来。

“……”

他怎么知道？

就在我准备跟上他好问个清楚的同时，我感觉到牛仔裤口袋里的手机大肆振动了起来。

伸手一把抓出手机，我习惯性地连来电显示也不看就接起了电话。

“喂？”边出声，我边走向了前方的柳树身旁。

“约会约得很愉快吗？”

手机那头传来了一阵类似“烧声”的虎姑婆发出的酸言酸语。

左上嘴唇不自主地抽动了两下，我眉压左眼迅速瞥过手机屏幕。

来电人，林可蓉。

“约你个头。”实在受不了了，我垂下双肩叫道，“终于醒了哦？大小姐。”

“根本没睡过，只是不想睁开眼睛。”

鼻音浓到一个炸点的，蓉蓉慵懒地伸了个大懒腰，在电话这头我还听得见她床铺的老旧弹簧声。

“怎么了？打算来上学了吗你？”

“不是放学了吗现在？”

“哦，原来你真的醒喽？”欠扁地回了这么一句后，我用嘴形对着面前的柳树无声说了“林可蓉”三个字。

恍然大悟地，他向我点点头，下一秒就晃进了一旁的唱片行，开始随意地乱逛。

“清醒得不得了，”电话那头传来蓉蓉沙哑到极点的无奈声，“清醒到都想起我们家冰箱该淘汰了。”

“要换台新的了吗？”

“当然啊，不然怎么冰啤酒？”

我仰了仰头，无力感爬满整张脸，问道：“你不觉得你干脆戒个酒就天下太平国泰民安了吗？”

“呵呵，”冷笑了一声，她嗤之以鼻地讲，“你怎么不直接叫我去跳楼，比较快？”

“嗯……也对。”失恋还要戒酒，听起来还蛮惨，“所以咧？你这通电话的重点是？”

“所以我是叫你帮我去买台冰箱回来，钱我再给你。”好无所谓，她用一种“帮我买条口香糖回来”的语气交代。

“……我没卡可刷啊，大姐。”扶着额头，我都快昏倒了。

“阿树有啊，你不是和他在一起吗现在？”

“你怎么知道？”

“啊，不然你桌上纸条是假的哦？”她忍不住嚷起来。

“哦，我还以为你到现在都还没下床咧。”我刚刚就听到床铺的弹簧声。

“好啦，反正就买台最便宜又可以冰啤酒的回来就好，拜。”

“……”

当她挂断电话的嘟嘟声传来，我还真想把手机给摔烂。

一个转身，我奔进了唱片行，快速环视了下四周。

“怎么了？”

戳戳我右肩，他在我回头面向他的那一刻出言询问。

很好，看他那副惊恐的表情就知道我又变黑道脸了。

皱了皱脸，我试着将脸上的五官置换成温柔婉约的状态说：“蓉蓉要我帮她买台冰箱回去。”

“你们家冰箱也坏了？！”很是惊讶地，他瞪圆了眼惊呼出声，“我们家前阵子也是。最近冰箱是约好了要集体造反吗？”

“……”

微眯着眼，我忍不住笑出声来。

当我再睁开眼，第一秒看见的就是他右手上的某张专辑。

“谁的啊？”伸出食指，我指向了它问。

顺着我指尖看去，他“哦”了一声才将专辑的正面翻给我看。

SHE 的青春株式会社。

“这不是……好久以前的专辑了？算她们早期的作品吧？”把专辑从他手中抽走，我拿到眼前仔细看了好几眼问。

“嗯啊。”

拉着我走到柜台前，他在店员面前掏出皮夹以示要准备结账。

将手上的专辑交给那位貌似御宅族的阿宅店员，我扭头看向柳树说：“怎么会突然想买？”

“不是突然，是一直都打算要买。今天刚好有找到喽。”从阿宅先生手里接过那张结好账的专辑，他下一秒就将之递给我说，“第六首，很有感觉。”

一到手我就将它翻到了背面，视线在06的地方定格下来。

06，记得要忘记。

记得，要忘记。

也不知道是自己脑袋里的哪两条线路接反了还是怎样，我眼眶就这么不听使唤地瞬间加热，热到几乎燃烧、炙人。

酸死了。

双眼酸到像被强行封上了层酸性薄膜，眼前的歌名被慢慢、慢慢晕染开。

感觉到眼眶被淹满的那一刹那，我马上就低下了头、压着脸，同时本能地接连眨了好几下眼，试着将液体眨干。

一眨又一眨地我加快眼皮运作的速度，把突如其来的鼻酸所伴随的泪液给眨回泪腺。

太莫名其妙了，突然地，就泛出泪来。

一直到确定自己眼眶逐渐降温如常，我才使劲吞了口口水，故作自然地轻吸了口氧气入鼻。

合上眼皮转了转眼球，我勉强拉开一弧笑猛然抬起头。

我习惯性地将黏在脸上的头发甩开，在心里暗自确认了自己已经平复情绪，才敢对上他那双眼。

“好熟哦，这歌名。”我将手上的专辑递还给他说。

而他却只是勾起好看的四十五度角笑容，无语地和我对望。

“怎么了？你那是什么脸？”拿着专辑的右手，尴尬地悬在他和我之间，我纳闷到最高点看着他，扭眉问。

“你……眼睛红红的。”笑容淡到像在吞口水时的嘴角微翘般，他开口说。

听见他那句话，我先是一愣，才故作匆忙地从侧背书包里拿出随身镜看了自己一眼。

……会不会太假？这样。

我明明就知道热流又有意无意地流过眼周，就在几秒前。

“大概是昨天熬夜念到凌晨吧？”耸了耸肩，我苦笑说，“快期中考了，你知道。”用力闭紧了双眸，我用指节反复揉眼。

“是不是以前失恋的时候常听这首啊？”漾出狡黠的贱笑，他微弯腰刻意和我四目相接地问道。

“胡说！”想也没多想，我就脱口说出这两个字。

“哎哟哟——胡说小姐这下连脸都红起来喽。”

“你——”

接在后面的话都来不及飙出口，我左脸颊突然被他吻住。

在我左眼咸液夺眶而出的，那一瞬。

听不见。我听不见那滴咸液落地而碎裂的声音，它根本还来不及落下，就被个色伯伯给蚕食殆尽。

“怎么哭了啊你？”

色伯伯的嗓音于耳边五公分处，借由微凉的空气传来。

原来我们之间还有空气存在，是吗？稀薄到几乎要人喘不过气似的，这所剩无几的空气。

“因为有色伯伯侵犯我……”好委屈，我一脸要哭的样子讲。

“哪个不要脸的？我帮你干掉！”右手摊平了贴在眉毛上，他左看右看跟我耍起赖。

“好意思哦你？白痴。”伸手巴了下他后脑勺，我斜睨着他，嘴角却还是忍不住轻扬而笑地说道。

超有魄力的，我一手就将专辑封面给整个贴上了他胸口。

唇边勾起一弧连男人看了都想动邪念的魅笑，他将那专辑顺手收进了自己的黑色斜背包里。

“走吧。”

改去先前那种不是扯就是拉的习惯，出乎意料地，他这次改以温柔如绅士的态度，轻触着我右手上的表皮神经。

像在试探一般，他仅触及了两秒就缓缓拉开了两个掌心的距离。

双唇微启，我顿时不知道说些什么，只是呆愣愣地低头注视，注视着我的手，和他的。

手心和手心，隔着薄薄的一层空气。

又是这层空气。

心一震，在这刹那我才惊觉，空气对我来说，原来可以这么多余。

表内的秒针，细声跳动着下一步、下一步、再下一步，但他却迟迟没有牵起我。迟迟没有。

其实，仔细想想也没错，也没什么好遗憾的，对我而言。

反正他还有个该分未分的该死女友；反正他心里那一块，依然和她的心跳藕断丝连地不肯切八断；反正我不需要一只牵过别人的手来牵我，我也可以走得像志玲姐姐在走台步；反正这个人呆呆笨笨的，有时候还会变态怪叔叔上身；反正，反正——

反正我到最后，还是忍不住地牵上了他左手。

“走吧。”朝他的呆滞脸窃笑了一笑，我率先踏出第一步，同时感觉到自己右手所传来的反方向拉力逐渐减弱。

他，跟着我走。

不好意思喽色伯伯，主导权我先抢走了哟。

笑得双眼紧眯，

眼泪，才能被困在眼眶里。

我懂。她每一弧笑容的背后，

我都懂。

Chapter 7

简直像被蛇精狠狠咬了那么一口，毒液在体内无止境地蔓延，再蔓延。

以缓慢到几乎察觉不到的速度侵蚀，侵蚀掉思考能力，吞噬掉该坚决维持的表面尊严。

在毒液面前，似乎没人有多余的心思，再去在乎尊严。

直到隔天一清醒，我才赫然怀疑起自己是不是被传染神经病。

昨天陪我挑冰箱、陪我到处比价、教我填订单、帮我代付冰箱钱的人，严格上来说，还算是个有妇之夫。

我呢？我算什么了？

狐狸精？第三者？坏女人？贱八婆？

……以上皆是？

我不知道，我只知道我变成了个新角色，在他和那个她的故事情节中。

我以为我可以一直安于自己所保护的世界里，有个正正当当、理直气壮的固定班底。

而今那片世界，却失了衡。

不知不觉我就这么朝着反方向踏出第一步，第二步，而后第三步。回头一看才发现那片我保护了好久好久的小圈圈，离我越发遥远。

百口莫辩，我以不负责任的幼稚态度，在他吻去我脸上泪液的那一瞬间、在蛇精咬了我那么一口的瞬间，跳槽到了另一颗星球。

于是两人星球挤进了第三个人，我。

像个走错棚的菜鸟般，蠢到连我都要替自己而感到羞愧，可悲。

“你是想变回思春期少女吗，这位大婶？”这句话我昨天晚上一回家就想问她了，只是忍到现在才终于问出口。

……好啦好啦，其实是昨天心情太好，我克制不住地让脑袋忙着回味我们最罗曼史的一天嘛，所以才没空问啊。

啧，是有没有这么丢脸。明明是段不见天日的记忆，还回味什么。

“想摆脱烂桃花而已啦，有意见噢，这位婆婆？”拉开了白蕾丝边的粉红色绣花枕头布套，蓉蓉试着将枕头塞进去，接着说道，“昨天看了那叫什么鬼的命理节目，说粉红色寝具能招好桃花，冷色调的寝具……就是像黑色、蓝色啊那些颜色会引来倒霉桃花。”

“啊，不就真谢谢你了，所有寝具都换成粉红色的，除了我那床黑色被单。”眼皮无力地垂下一半，我双手抱胸摆出流氓三七步说。

“啊，我就怕你不喜欢粉红色哦。”拉起了枕头布套的拉链，她下唇覆盖上唇一脸委屈地讲。

“呵呵，借口真多。”

不想多花钱可以直说好吗？

“真的耶——”放下手中那个梦幻少女版枕头，她装可爱地小跑过来抱住我左手臂说，“而且你桃花也够好了，寝具颜色根本影响不了你啦。”

向她翻了个大白眼，我感觉自己的痛处快被这死女人给戳爆。

“最好是。”

斜瞪着她，我用眼神示意我有多想对她使用手刀。

“本来就是啊，”迅速松开手，她将我和她之间的距离拉开了些说道，“我都听说了，望秋前几天跟你表白了不是？他是个好男人啊，相信我。别的好男人还不一定会帮你刷马桶。”说完连她自己都想笑。

“你可以再幸灾乐祸一点。”

“哦——怎么这么说呢？”直接滚进了她刚改造完的床组里，蓉蓉全身裹着棉被，只露出一张假笑脸问，“咦？你没答应跟他交往吗？”歪着头，她装可爱地朝我眨了两下眼。

简直是想吐死我。

“……你这是在公然怀疑我的性取向吗？”一手抓起了刚整理好的侧背包，我用鼻孔对着她反问。

“很明显噢？”唇边漾出不怀好意的笑，她弯起眼说，“嘿，我知道啦，你在意的是阿树嘛。”

“并没有好嘛！”

气愤地将背包甩出一条弧线并顺势将它背上右肩，我连半秒也没多迟疑就扩大音量反驳。

“哎哟，否认得这么快，明明就有鬼。”

眼睛弯得更细了这下，她那根指向我的右手食指在半空中不断画圈圈，一脸就是抓到我把柄的王八乌龟样。

妈的，这女人真的很难唬。

“爱怎么想随你。我要去上微积分了，再见。”好帅气地，我转身走向大门，毫不犹豫就扭开了门锁。

“欸，等等，芊芊——”又滥用哭腔，这家伙接着说，“我第一堂也有课……”

很好，我只听到这里，后续她说了什么鬼的我不管，我听到的只有我的摔门声，和我心底的摔门声。

对于那一块，我关门了。把心里那一部分的我，关了起来。自私到连蓉蓉都不给看。

毕竟太狼狈了呀，那个我。

那个我，可以为了得到他心中的一个席位，而没骨气到用压缩自己来交换，出卖人格又出卖地位似的，狼狈至极。

很好，原来残留体内而扩散的毒液，会让整个人，都变调。

真的很该死，一进校门我就遇见那只蛇精。

“早安！”笑得像朵花一样，柳树一把抓过我右肩上的侧背包说道。

“……”

是故意……等我的意思吗？

“怎么了？表情怪怪的啊你。”头偏向了我，他动作自然地背上了我的黑色雾面包说，“是不是太感动了说不出话来啊？哈。”

“白痴。”

勉强忍住了想翻白眼的冲动，我斜睨着他。

“好过分，人家不帮你背了哦。”

“拿来啊，我就不记得我叫你背了。”撇了下嘴，我迈步走向大学部那栋实验大楼。

“……”

而他，没有跟上，没有回嘴。

明显察觉到了气氛渐趋异常，我倏地停下脚步，僵硬地微微侧过头将视线移向他。

结果我看见的，居然是兔子女不知道从哪儿瞬间移动到柳树面前，表情丰富动作夸张地边跳边向他打招呼。

……根本就是埋伏好的吧！这兔女郎。

完完全全不把我放在眼里，她把我当空气一样，干脆装没看见我，自顾自地在那边使用花拳绣腿的力道打着柳树的右肩，同时还嗲声嗲气地跟他说什么“你这侧背包质感好好哦，而且背起来很 MAN 耶，帅气！”

背起来很 MAN？有没有搞错？那是我的啊！我的！

才刚在心里这么暗骂，下一秒我就愣住了。

……我指的是什么？侧背包吗？

还是他？

“帅吧。”

一脸轻浮地将脸转向右上方，他习惯性地耍着三八。

只是，这次是对兔子女耍。

怎么他对每个女人都可以露出同一种个性，原来他的四十五度角笑容对谁都可以扬起，是吗？

我看得出来离我十几步远的柳树似乎极力想告诉兔子女我的存在，但那又怎样？她知道了又怎样？对他而言又或者对兔子女而言，我算得上什么角色?

一个找不到解毒血清的，中毒者。

只会想把想要的占为己有，我不否认这就是我，幼稚而丑陋。

当兔子女再度掩嘴笑出声的那一刹那，我猛然回神用力拍了两下自己的额头，接着连我也搞不太清楚状况了，不知道自己在做什么的无意识状态。

简直像被附身一样，我冲过去将柳树肩上的侧背包给毫不客气地抓回来。

“有女朋友了，就不要做一些让别人误会的事情好吗！”皱紧了眉，我简直气炸了，感觉像导火线上的火花已燃烧至顶点，整颗头都要应声爆裂地喊道。

肾上腺素瞬间激增，我丹田整个Update，声音扩大到我都听得见自己刚才那句斥责的回音。

背上了侧背包，我打消了想以逃避的心态落荒而逃的打算，反而怒视了他们一眼，才步伐规律地快步离开。

直到确定自己已然消失在他们的视线范围内，我才卸下故作稳定的姿态，爆冲到顶楼。

脚下的阶梯一级换一级，我疯狂地向上爬升。

有那么一秒，我甚至昏头到以为这楼梯不会有尽头了。

但那终究也只是以为，尽头总会到达，不论是阶梯还是其他的一些什么，都一样。

气喘吁吁地，我在踏上最后一级的同时就暴力式地推开了顶楼铁门。

累死。

在合上铁门的那一瞬间我全身瘫软。

用最后的一丝力气，我勉强支撑起自己的身体，缓步移动到顶楼周围的铁网边，脚一软，我索性不再强迫自己，就这么抽去气力地垂直蹲下。

双手十指全扣上了铁网，我双眼无神注视着楼下不知所措的柳树和兔子女，突然觉得好笑。

说到底，我凭什么说那种话？我根本就没任何立场可以责怪，说不定从一开始我就只是在和自己演对手戏，到最后都要散场了，我还在这里自作多情。

倏地牵起了嘴角神经，我不禁蹙眉。

头一次，我可怜起自己。

“呃，你好。”

身后传来的问候声害我吓到连蹲都蹲不住，膝盖往前一跪，我马上转头看向声音来源。

第一眼我就被她那头嚣张的红发给吸引了。

"你…… 你你你好。"

微点了一下头，我站起身并在嘴角堆积出笑意。

视线越过了我，她往我刚才注视的楼下看去说："啊，那是……柳树哥。"

瞥了一眼她口中的柳树哥，我迅速对上她双眼问："欸？你认识？"

"嗯啊，我是他妹的朋友。有福同享有难不同当的那种。"咧开嘴，她向我笑了笑，隐隐约约地露出她上排牙齿那两颗特别突出的小虎牙，又说道，"噢，还有，叫我小晶就行了。"

握上她那只向我伸过来的右手，我礼貌性地也报上自己名字："我叫芸芊。"

丢给我一丝微笑，她迷人地将双眼弯成了半月。"我知道。"收回自己右手后，她眼神慧黠地看着我说，"我听小芝说过你的事。"

"小芝？你是说……柳树的妹妹吗？"

把头歪向了右肩，我回想了一下小芝的脸。

最后一次看到她，好像是在医院。

在我还住院的那阵子，有好几次她都陪着柳树来探望我。

从一开始的陌生到认识，到后来的一聊不可收拾，我才发现这外表柔和如水的女孩，里外是不同的大反差。

原来包在她表皮组织下的，是个正港男子汉。

讲话方式所不经意流露出的男子气概，连男人都会自叹不如吧。

“嗯，对对，柳承芝是她本名。”以顺带一提的口吻，小晶补充道。

啊……极度厌恶自己本名的小芝如果现在就在现场，铁定想把她找去厕所约谈。无言的我心想。

“嗯……所以你，你是真的不——呃，嗯……算了，没什么。”小晶欲言又止，语末还小声喃喃了句，“看来是真的。”

“啊？”好不解地，我歪着头看向她问，“什么真的不真的？”

“不不不，没什么啦，”一脸尴尬地，她右手手指扣上了铁网，慌乱的眼神游移至楼下说，“哦哦，他们走了。”

沿着她眼神的游移路线，我也看见楼下那两人各自走向不同的教室方向。“要回教室了吧他们，都上课这么久了。”我自言自语地说。

“你这堂没课吗？”她说。

“有啊，不过大学生有个通病叫作逃课。”微微抬高了下巴，我感觉自己笑得挺欠扁地说。

又一次，她露出小虎牙而笑出声讲：“相信我，不只大学生哦。”掏出口袋里的高中部学生证，她一脸贼样地掩嘴窃笑。

嗯，这女生我欣赏。

“欸，是说——刚才和柳树哥站一起的那女人，该不会是新苍蝇吧。”眼睛像察觉到危机似的眯起三分之一，她挤出两条法令纹说。

看着她眼里那一丝丝杀气，我试探地问道：“你……喜欢他噢？”

伸手，她摸了摸自己的右脸颊。“咦？很……很明显哦？”抿了抿嘴，她不好意思地看了我一眼，随后马上将脸给压得很低地讲道，“好丢脸，明明都决定要放弃了……”

“放弃？放弃什么？”偏着头，我一脸不解地问。

“喜欢他啊。”

理所当然地，她用一种刻意装作事不关己的态度笑着回答。

笑着，却皱眉。多熟悉的表情啊，对我而言。

“唉——怎么搞的我喜欢上的都是这种人咧？”

好哀怨地，小晶露出一副阴影怨妇脸。

“……啊？”眨了眨眼，我不禁将自己嘴巴给压成了三角形问道，“不止柳树吗？”

“不止啊。”眯起双眼，她将下唇覆盖在上唇之上，“在喜欢上柳树哥之前，我暗恋过一个和我同年的学生，大家都叫他阿德，不过我还是习惯叫他本名。”

“为什么？为什么不用昵称？”

扭头看向我，她掩嘴轻笑了一声说：“就是希望他也会像你一样好奇啊。”顿了顿，她那弧藏在手心后头的笑容渐渐消逝并说道，“真蠢，那时候为了引起他注意，我几乎什么都试过。”

唔……这么拼命？

“那，结果呢？”

“结果我发现了他身旁的某个女生。对他而言，很特别的那种。”

视线往铁网外投射出去，她面带温柔地说。

遗憾，却不及难过。

“那个女生，叫柳承芝。”扑哧一声，小晶抢在我咧嘴而笑之前，就先一步笑出声来说，“我还记得我刚开始打听到她名字的时候，笑到脸颊无力，哈哈哈，整个很希望谁来把她给喝干，我就没情敌了啊。”

一脸坏婆婆样地，她挑了挑眉讲：“好啦好啦，我知道这样很没良心，但我就是忍不住想嘲笑死她耶，那个时候。”

抿嘴憋笑着，我点点头说：“我懂我懂。”我当初听到柳树说他妹叫柳承芝的时候，还以为他又在跟我瞎说什么了咧。

“哪，总之当时，我也同样放弃了。”猛然蹲了下来，她手肘抵着膝盖托住腮骨，抬头望着我，“有时候我会想，如果当时没有那么快放弃，今天大概很多事都会不一样。很不一样。”她强调。

低着头，我对上她的浓妆眼问：“那，怎么放弃了，那时候？”

“……”

用鼻孔呼出口长气，她垂下头，巧妙避开了我的目光。

“一方面，是因为某天，某个实在戏剧化又实在琼瑶的那天，我对柳树哥一见钟情。不过，重点是另一方面……”

“因为情敌是小芝？”

“呃？”

“小说化的那种伟大情操啊。”双手撑着双膝，我弯了腰硬是对上她那双标准正妹眼说，“选择了友情而放弃爱情那种。”

呆滞了几秒，她才终于弯着眼，傻笑起来。“不是啦——”一脸感到很不可思议的样子，小晶解释说，“我和小芝是在那之后才变朋友的哦。”

“啊？那是为什……”

“因为——”打断了我的疑问，她直接出言回答，“因为我后来发现阿德没长大脑，配小芝刚刚好。”又挑了一次眉，小晶笑得双眼紧眯。

笑得双眼紧眯，眼泪才能被困在眼眶里。

我懂。她每一弧笑容的背后，我都懂。

“嘿！”

闭着眼，转了一圈眼球，她摇摇晃晃地站起身来，与我面对面。

她那双再次睁开的双眼，又技巧性地将真实情绪给掩埋。

“你不问我为什么放弃倒追柳树哥吗？”歪着头，她笑得很甜地问。

假笑得很甜。

“呃……”其实这问题的答案是再简单不过了，但我还是配合性地抬眼思考了将近十秒钟。

第十一秒，我才开口说：“因为他有女朋友了，是吗？”

“不是。”斩钉截铁地，她摇摇头说，“问题不在他有女朋友。”

“……啊？”

“问题出在他女友是谁。”露出一副正在跟我说什么天大秘密的蠢样子，她将食指竖在鼻子前方，专心看着我回答。

“咦？”怔了怔，我愣住半晌才反应过来说，“哦、哦哦，意思是他女友出生黑道世家之类的吗？不会吧。”

眼神忽然呆滞了几秒，她睁着大眼扑哧而笑。

“不、不是啦，哈哈哈，谁跟你黑道世家，哈哈哈。”

……很好笑吗？

“哎哟，芸芊姐，你真的好可爱。”夸张地用右手食指抹了抹眼尾，她笑着解释说，“意思是——他女友真的是个很棒的人哦。对我而言，怎么也没办法超越的那种。”

闻言，我禁不住撇下了嘴。真的真的，很不是滋味。

“之前，我在买蛋糕材料的时候，在大卖场里遇见她，头上还戴着柳树哥去年送她的手绘网帽，不是市面上卖的那种哦，而是柳树哥亲手画的。你不知道我有多想冲过去把那顶帽子给当众劫走。”皱着鼻子，她撇了下左边嘴角说。

噢，看来不是滋味的不只我。

步伐异常轻盈，小晶边走边跳地移驾到顶楼的另一边讲：“老实说吧，看见她之后，我觉得她本人和她在部落格上的照片也差太多，可能是她那天刚好没化妆的关系吧，我想。而且……当下我也实在不觉得她有像别人说的多漂亮多气质之类。”

跟在她后面走着，我屏气凝神不敢出言打断她。

“不就只是称得上顺眼嘛，真是。”眉压左眼，她撅着嘴，给了我一个魅惑力十足地妖娆回眸说，“后来我才发现她的漂亮和气质不是长在外面。”

指了指左边心口，她笑道：“是长在这里才对。”

双唇不自觉地微启，我却仍然齿间紧闭。

见我一脸不解，她眯着双眼弯起了唇角。

“当时在大卖场的时候，我站在旁边，看她踮起脚尖拿下了架上最后一包高筋面粉。才刚放下脚跟，她就发现我正觊觎着她手上那包面粉。”在种植着日日春的盆栽旁，她弯膝而蹲，将视线集中于那盆花卉前说道。

跟着她一起蹲下，我偏着头，偷偷观察她脸上的笑容。

粉唇弯起的弧度没有嫉妒，却浮现了羡慕。

“还记得她那时候的表情好蠢。”笑出声，小晶压出了一对八字眉说，“她看了看我，又看了看自己手上那包高筋面粉。”

“最后她给你了？”

“对啊。那阵子面粉也不知道是怎么搞的，很难买，我跑了好几家卖场都缺货。真的是哦，人超好的那女人。”

终于将目光移到了我脸上，她笑得像少女漫画女主角。

“可我当时一点也没这么想。”眼神锐利地扫向我，她笑容突然变得有点像迷你小小说中，以声称自己怀了男主角的孩子来逼退女主角的那种标准坏女人，并说道，“就当我真的很没良心好了，我第一个念头竟然是想示威。”

“啊，是噢。”我就说我欣赏这小晶。

用力点了两下头，她脸上的表情又有了些变化，这次她变得比较像复活岛上的脸部石像群。

“那时我指着她准备递给我的那包面粉说，我是要拿来做蛋糕送你男朋友的哦。”肩往上一耸，她撇嘴而笑问道，“好像有点太呛哦？”

“……还好啦，很诚实啊你。”

Good job！欣赏你 100%。

“呵呵，是吗？”扇了扇两片厚厚的假睫毛，脸上的笑意没消失，“结果啊，她索性把那包面粉往我怀里塞。她说——”装出了一种极为细柔的嗓音，小晶重述了一遍那个人当时所说的，“那蛋糕给你做好了，反正我做得很难吃。”

扬了扬眉，小晶突然双手抱膝就地而坐，说道：“看着她那张脸，我很想回答她，其实我根本连做都不会做，明天才要叫小芝教我。但我还是……一句话都没说。我想这就是我和她的差别吧。”

撑着下颚，小晶姿势慵懒，但眼神依然认真地看着我说：“后来啊——问了小芝我才知道，她的烹饪课成绩没有一次是低于八十分的，甚至前阵子才把烹饪课多做出来的蛋糕送给小芝。”

“真的，世界上怎么会有这种人啊！我不懂啊我不懂！”耸着肩，她双手往外一摊摇了摇头，一脸不相信地说。

“搞不好她后来有去别的地方买呀。我说高筋面粉。”一脸阴险恶毒，我咬定那女人不可能那么大方，好吧，或许还带有一定程度上的说服也说不定。

说服小晶，也说服自己。

听了我的假设，她微笑着眯眼摇头说：“后来我问过小芝了，小芝说她真的只送了柳树哥一个皮夹。”

“皮夹？”抬眼，我回想了一下问，“深咖啡色那个？”

默默地，她以点头来回答。

“……”

昨天他才用他那深咖啡色皮夹里的钱付账，SHE专辑和猪脚面线的账。

真讽刺。

用女朋友送的礼物，来装纳一张一张用来请其他女人的钞票。

真够没品。

嗯——不过老实说好了，我倒是有点庆幸自己是他所谓的其他女人……病了吗我？

“因为是她，我才会放弃。”突然她朝我丢出这么一句，若有所思地盯着我双眼不放。

她那双本一点血丝也没有的清澈双眼，在这句话从她嘴里出来的那一瞬，不争气地浮现出些许粗细不等的淡淡红丝。

依然注视着我，她反射动作地眨了一眼，泪珠终究还是滑落在日日春的粉色花蕊上，无声破碎。

缓缓向她伸出了右手，我放轻力道地将她脸颊上所残留的泪痕抹掉。

“嘿，算了吧，那个姓柳的王八蛋，迟早会下地狱的啦。”

勾起一弧专门出现在后母脸上的恶毒微笑，我诅咒着那坨害了好几个女人飙泪的庞大垃圾。

那坨垃圾在我们心里执拗地不肯消失，既不可燃，也回收不了。我们没办法只能置之不理，可我们都心知肚明。

垃圾就躺在心底的那一块角落，期待被我们触摸。而最要命的，我们也期待着伸手去触碰，那是一触及就禁不住掉泪的一个存在。

“芸芊姐，”吸了吸鼻子，小晶鼻音很浓地叫唤了我一声说，“你有听过张芯瑜的歌吗？”

收回了自己那只帮她抹泪的右手，我歪着头问：“哪一首？”

“《雨季开始了》。”

呆呆地，我看着她，左右摇了摇头。

见我一脸茫然，她噘起嘴从口袋里掏出手机，按了几个快捷键后，她将专用耳机插上手机插槽中，并擅自伸手，把那撮贴在我右脸颊旁的头发给别到了我耳后。

之后，她二话不说将耳机塞入了我的右耳。

"……"

从耳机里传来张芯瑜的声音，干净而清亮。

却，无奈。

我知道　你身边有一个人

看着爱　隔着一道玻璃门

每天都劝自己　能这样静静看你　就够了

心情很乱　能怎么办　爱情不是故意的

不想挑战　另外一个人

又阻止不了　心里狂奔的列车

不知不觉爱上了　可是能跟谁说呢

早晨醒来　突然发现雨季开始了

不管值得不值得　学会爱的第一课

原来　流到心里的泪　苦苦的

为什么这张笑脸不可以是我的？

为什么不属于我，为什么？

Chapter 8

手肘靠在游览车的窗框上，我撑着腮骨，全身放松朝窗外看去。

早上的天空实在蓝得有点过分，连云都看不下去而层层挡住了部分湛蓝。

无聊到最高点，我从包里随手抽了张多孔格线纸，并拿出硬面资料夹垫在下方。

我轻手轻脚地从笔袋里挑出2B铅笔，看了一眼窗外，下笔。

勾勒出第一笔线条的速度，连犹豫都来不及。

没有凡·高的扭曲笔触，没有凡·高的强烈色块，有的只是淡淡灰白所构出的淡淡轮廓，淡然至极的天空。

很久没作画了。

不是没时间也非没兴趣了，纯粹就只是害怕。

害怕回不去以往的作画水平。

自从那场车祸以后，在医院里的我，每晚都惧怕到失眠。护士小姐不断劝我说要多休息才会康复得快，医生也保证说什么我右手拆下石膏后，绝对不会有任何影响或副作用，绝对会恢复如初。

废话。

要是真像他说的一样，那我笔下的云丝怎么会畸形成这样？

一脸想杀人的我望向窗外，赌气般对着那颗太阳皱眉噘嘴。

就在我深吸了口空气，正想呼出废气的那个当下，我瞬间被脑袋后方传来的咔嚓声转移了注意力。

转头，我看见柳树正捧着他那台专业相机，镜头还不偏不倚地对着我。

“变态。”下意识地，我将腿上的资料夹连带那张绘有畸形云的格线纸抱在胸前，眉压左眼地给他贴标签。

“嘘——小声点，有人在睡觉。”在唇珠上竖起食指，他语带责怪。

抿嘴笑了笑，我眯着眼故意放大音量说：“怎么？怕别人知道你变态哦？”

眼皮瞬间盖下了二分之一的眼球，他撇了下嘴。

“哈，被说中了吧。”活像个喝醉酒的老头，我一脸醉醺醺地抬起右手，作势抚了抚下巴上那撮不存在的山羊胡。

很不给面子，他朝我翻了个白眼，还无力到抬起左手扶着额头。

索性将专业相机放在腿上，他表情自然地凑过脸，用左手食指设法将资料夹从我胸口处勾开。

“啊！我要叫人了哦！”声音刻意带有哭腔，我露出一副被侵犯的表情，将胸前的资料夹抱得更紧。

接收到车上其他人所纷纷投射过来的奇怪眼神后，他全身僵硬急忙推了推我眉头，说道：“神经病啊你，我只是想看你画什么啦。”

扑哧一声，我忍俊不禁地贱笑起来，这才终于松开手将方才随手画的素描摊在他面前。本来是打死也不想给他看见的，毕竟这压根就不是我该有的水平。

但，或许对他而言，完美主义早就不是主流。

“呃……”蹙起了眉，他看着我手上的画作，歪了歪头问，“呃呃——借问一下哦，这幅主题是什么啊？”

看着他那张扭曲脸，无可否认，我有点丧气。

“主题？嗯……”抿了抿嘴，我将手上的素描拿远了些，并将它倒过来反复看了几眼，“畸形云的一生，阿门。”闷闷地，我干脆随便回答。

“……”左边嘴角和右边嘴角好有默契地一起往下掉，他全然愣住盯着那张快被我捏烂的畸形云。

愣足三秒后，他缓缓勾起右边嘴角，倏地撇开头，努力憋笑。

看着他因憋笑而规律颤动的宽厚双肩，我感觉有那么点莫名其妙。

“啧，笑点在哪儿你告诉我！我很难过啊拜托！”朝着他右膝关节处，我发狠地用力踹下去。

“哎，很痛，暴力鬼。”皱着一张脸，他伸手揉了揉差点被我踹到散架的右腿，又说，“我不是在嘲笑你啊刚刚。”

“对啦，我知道你在耻笑我啦。”斜瞪了他一眼，我合拢双唇磨了两下牙，一个转头，闷闷地再次看向了窗外。

“哦，都说了不是——完蛋了！”

“……”完蛋了？！

一脸怒气的我朝柳树那边望过去，才发现望秋正将冰水往他头上倒。

“都让你坐小芊旁边了，你给我安静点！”凶神恶煞的望秋一脸不爽，瞪了一眼柳树就迅速坐回了原位。

啊……真尴尬。

不知道目的地快到了没。

今天是年级全体学生的校外教学，因为学校是小班制，所以每两班坐一台游览车都还嫌太空。

如你所见，我们班和柳树他们班并一车，很搞笑的是连部分体育班的学生都来我们这车补空位。

……幸好兔子女没被分配到我们这车，不然就天下大乱了我想。

虽然我和柳树都再没提过那天我突然发飙的愚蠢行为，但他应该明白，我后来的态度转变是因为什么才对。

他没那么笨的。

挑挑眉，撇撇嘴，我又拾起一旁的2B铅笔，不死心地在同一张格线纸上勾勒出车窗外的雪白云层。

一下望向窗外又一下看回画纸，我开始嫌麻烦地干脆面向车窗，弓起右脚缩在椅子上侧坐。

严重发抖着的右手，害我怎么也无法控制云朵的深浅与下笔的位置，力道不一，每朵云都是个失败。

皱紧了眉，挫败感一波接着一波涌上心来。

就在我很没用又鼻酸起来的那一刻，我听见衣服的摩擦声，无预警地从背后传来。

背脊一阵温热，柳树的下巴扣上了我的左肩。

眼角余光看见他正注视着我笔下歪七扭八的云朵，我于是吞了吞口水，有点不自在地先发声明说："我……以前不是这样的。"压低了眉，我抿嘴，眼泪就滴在了素描上，晕开那些已经够扭曲的铅笔线。

"我知道。"低声地，他靠着我左耳说，"可是很美啊。"

脸颊瞬间涨红，我感觉我就像被煮熟一样头顶冒烟，想都没想就将他那张越发靠近我左耳的嘴给一把推开。

"不用这样安慰我，很故意。"凶巴巴地，我回头瞪他说。

还蛮奇怪，自从那天当着兔子女的面对他发脾气后，我对他的态度就特别恶劣，而且越来越恶劣。

就像坏心后母对待灰姑娘一样，百般刁难。

可以这么形容吧?

“不是啊,谁安慰你了？”装可爱地,他不满地把话含在嘴里嘟哝说,“不然要怎样才算美，你说。”

目不斜视地盯住纸上那一团团畸形云，我咬了咬下唇，语带委屈地说，“应该要很像的才对……”

背脊的温热，随着我这句话而消失。

蹿上背部的冰冷气体让我不禁向后看去，只见柳树动作利落地从斜背包里掏出他刚刚才收进去的黑色相机，朝车窗外按下了快门。

结实的胸膛再度贴上了我整片背,他双手绕到我面前,操作着相机,让我看见屏幕上他刚拍下的画面。

“要一模一样的话，以后都交给我拍就好啦。”唇瓣再度贴近了我左耳，他欠踹地故意用气音感性地说了这么一句。

还说了我最不敢想象的两个字。

以后。

就在这时，我们班班长突然很煞风景地拿起麦克风大声宣布：“同学们，司机刚同意开放车上的 KTV 给我们唱哦！要点歌的来跟我拿歌本！”

一听见班长那句话，车上学生醒得醒、鬼叫得鬼叫，还有人一脸饥渴地直接扑向她，只为了抢那本快散页的旧歌本。

事实，证明了两件事情。

一是我们班班长铁定看见了我们之间的暧昧动作，不然她不会一边宣布开放KTV，一边用眼神来回砍杀我。

二是那本旧歌本原来只是书皮旧到脱皮罢了，里面的歌却新到连最近几个月才发行的都不放过。

第一首歌的前奏，在车上电视屏幕开启的五分钟后播放出来。

唱的人是个我不认识的女生，就坐在望秋身旁，也就是我的正后方。

空气里　远远传来一首歌

望着云　穿着新娘的白色

抬起头不看你　假装我是被风景感动了……咳咳咳。

当然，歌词里并没有“咳咳咳”。

而是因为那女的唱到这里就呛到了，我猜凶手大概是她的口水。

急急忙忙地，她下意识将手里的麦克风递到了她身旁的望秋手上，示意他帮她接下去唱。

在渐趋平稳的咳嗽声中，我听见望秋难得富有磁性的歌声，从车上的扩音喇叭中传来。

也在同一秒，听出了这首歌。

我知道　你身边有一个人

看着爱　隔着一道玻璃门

每天都劝自己　能这样静静看你就够了

惊讶地睁圆了双眼，还缩在柳树怀里的我，全身震了一下，回头看。

这一看，就对上了他那双刚中带柔的眼，刚好和他来个尴尬十足的四目相接。

慌了头绪的我迅速收回自己的视线，浑身不自在地转头看向窗外。

当时我怎么也没意识到。

这一连串的动作，有多伤人。

到了目的地，一下游览车我就发现蓉蓉从后面那扇车门奔了出去。

“去哪儿啊？蓉蓉！”不要丢下我啊！我不要再和柳树独处了啦，啊啊！

全速朝新社花海的方向奔驰，她一点也没要理我的意思。

“停啊蓉蓉！班长还没点名啊！”

好不死心地，管都不管柳树在我背后喊什么先回来点名之类的善意提醒，依然用跑百米的速度试着追上蓉蓉，顺便设法先行逃走。

好不容易，我慢慢拉近了自己和蓉蓉之间的距离，而头发则乱得像狮子狗的毛。

意识到这点的我于是边跑边用右手压住自己的刘海儿，并使出最后一丝气力向蓉蓉那莫名其妙的女人大吼:“你到底是要去哪里啦？”

“大……”

“大波斯菊园区吗？”眼看她又加速拉开了我和她的前后距离，我脸部扭曲决定使出吃奶劲跑，并大喊道，“等等我啊！我跟你一起去啊！急什么——”

“妈的，我要去大号啦！”

迎面而来的冷风里，夹杂着蓉蓉凄厉的呐喊声。

“……”

倏地慢下了脚步，我冷眼看着蓉蓉光速冲进远方的厕所里。

我的天啊，还好一路上都有标示厕所方向，不然我就不信她这路痴找得到茅坑。

摇摇头，我忍不住翻了个大白眼，笑出声来。

赫然发现身旁的店家老板用不解的眼神看向我，我迅速抬手，轻掩着嘴迈步离开他的摊位前。

新社，花海节。

每年学校都会要求导师们带着人学部二年级的学生，来参与这广为人知的节日。

而大波斯菊，是展览的主角之一。几乎大部分的展场，种植的都是大波斯菊。

……油菊花呢？被排挤了吗？

随着游客们的动向，我呆呆地跟着人群走到了大波斯菊园区。

可我还是比较想看油菊花啊。要不是为了油菊花，我现在应该是在套房里考虑午餐是要吃泡面还是品客才对。

努了努嘴，我懊恼地站在交叉路中央左顾右盼。

正当我想随便拉个游客来问一下油菊花田的方向时，我看见他。

李望秋。

迎面走来的魁梧身材，目不转睛地盯着一旁的大波斯菊花海，他在转头准备要看向另一边花海的同时，看见了我。

双脚动弹不得，我站在原地，双眼离不开他。

刚才在游览车上刻意错开眼神，让我下意识想弥补眼前的这个人。

随便、随便一个什么话题都好，只要在他走过我身旁之前说出口……

“望——”

才刚从喉咙深处挤出第一个字，反应超快的望秋就这么加快脚步刻意无视我，低着头和我擦身而过。

……什么意思？报应吗？活该吗？你想表达的是这些吗？望秋。

“你讨厌我了吗？”一个转身，我脱口问。

像电影里的停格镜头一般，望秋全身抽动了一下，顿在离我不远处，融入到两旁的白色花海。

电影，慢速播放了起来。

他缓缓扭过头、缓缓转身面向了我，就连扯出脸上的笑容，也慢得可怕。

“不会啊。”沉着声音，他笑得含蓄。

一点儿也不相信他的说辞，我追问道：“那、那为什么……”

“放心啦，我看见你，一点都不觉得讨厌。”截断了我的追问，他那种奇怪的笑意又染上了嘴角，继续说，“看见阿树，我也不讨厌。但是……”

移开了落在我脸上的眼神，他偏着头看向花田，微微蹙起了眉头，一脸想不透地说：“但是看见你们两个在一起，忍不住地我就是觉得你们都很讨厌。”

这瞬间，我不禁失语。

在望秋淡笑着的画面里，我双眼就这么失去了焦点。

突如其来的模糊，吓得我赶紧闭上双眼，低头摇了摇脑袋。再次睁开眼皮后，视线才终于恢复正常。

抬头，我盯着面前再清晰不过的一个好男人，眯眼而笑道：“那好，现在柳树不在场，你就不要躲我了好吗？”

呆愣了一下，他的目光越过我说："好是好，就看你怎么选择喽。"他伸直了右手食指，朝我身后指了过去。

"啊？"回头一看，我这才发现柳树正朝着这边走来。

来来回回地，我轮流看着我前后的这两个人。

柳树在离我五步远的地方止了步，我回头看向望秋站定的位置。

那里却没有了任何人。

"不愧是体育班的高才生啊，跑得真快。"右手摊平了放在眼睛上方，柳树走到我身旁吹了个口哨说。

我恶狠狠地瞪了他一眼，说道："还不是因为你。"音量小到连自己都快听不见了，我一脸不满地嘟哝。

"嗯？还不什么？"将双手扣在两边耳郭的后方，柳树眨了眨他那双看似无心机的双眼问。

……很难想象这样的一双眼，会被这样糟糕的男人拥有。

我吞了口口水润喉，随便找了句答案来回答："还不快带我去油菊花田。"

闻言，他愣了一下扑哧而笑，悬在他嘴角的笑容，与望秋的大相径庭。

一派轻松的爽朗。

老实说，从一开始我就喜欢他的笑容胜过望秋的温文儒雅，从刚认识我就比较在意这个他。

好像什么事情，都是这样。

路有多颠，弯有多拐，早在后续发生之前，就被我们自己给定好了。

我知道领着我朝油菊花田迈进的这个人，脸上浮现的这弧笑是属于另一个女人。我知道。

不需要哪个谁来提醒我，现在这种情形下，我应该是无情地甩掉他那只抓着我袖口前后晃动的左手，而非任由着他，还跟着也牵起嘴角。

比起身旁的这个人，我或许比他更糟糕吧，我想。

艰难地咽了咽口水，我无语地看向他那张侧脸。

直挺的鼻梁顺着漂亮的鼻头而微翘，眼眶勾勒出了男人味十足的刚毅三白眼，眼神专注又认真地替我四处搜寻着油菊花田。

有点茫然地，我目光涣散。

“我知道我很帅啦，”发现我正光明正大地打量着他后，柳树伸手摸了摸自己脸颊说，“但你这样一直看，人家会害羞的——”

实在无言，我白了他好几眼，一脸受不了地垂下双肩。

真是够了。

“啊，在那里！”一个转弯，油菊花的炫目色彩出现在我们的视线范围，相较于我看呆的反应，他显得大惊小怪。

“看到了！看到了！”他猛然抓起我的右手，向前跑了起来。

心脏都差点从喉咙管跳出来跟群众打招呼了，我就这样冒着生命危险，任由他手中柔和的温热，一阵阵入侵着我冷到泛白的右手。

从手心，入侵到心。

气喘吁吁的我和他，一步接一步地跨步向前。

从我这个角度看上去，跑在我正前方的他，发梢渲着阳光，随着奔跑的震动而有规律地跳动着。

带着日系感的利落短发被风迎面吹乱，在各色光源的照射下，他那头略显焦糖色的发丝一次次撩拨着耳后。

看得心痒痒，我简直要一个箭步上前把他耳朵给咬掉。

……我中暑了吗？

有点上气不接下气，一直到我察觉了他步伐渐缓，才发现我们已然跑到了油菊花田的正前方，再跑下去就要冲破栅栏了。

我于是和他异常默契地同时止住了脚步。

而手心的温度，还在。

不敢转动脖子，我不敢面向他，就这么只挪动眼球，偷瞄了瞄他那只仍然包覆着我右手的左手，再瞄了瞄他的脸部神色。

瞄到眼球都要抽筋了，我还是看不出他的哪怕一点异样。

……怎么搞的，这样牵着女朋友以外的手，对他而言是不足为奇吗？

皱紧了眉头，我鼓起右脸颊。

“怎么了？”拉了拉我右手，柳树不解地扭头看向我的臭脸问，“和想象中的不同吗？油菊花。”

无言以对地，我微闭了双眼，摇头。

从刚才就无心细看眼前壮观的金黄海，从刚才我整个视线就只被身旁的这个人填满。

像被掏空似的，浑身无力的我只知道醉跌在这难得的氛围中，出不来。

轻吸了口气入鼻，我抬头，兴致不好地睁开眼。

有种被突袭的感觉，对于摊在眼前的这片花田，以闪亮亮的姿态转瞬间就冲击了我的视神经。

不算刺眼，却明亮到眼睛快睁不开。

我于是盖下了二分之一的眼皮，降低纯金色的冲击力。

“早知道就把纸笔带出来了……”

我想到我刚才把纸笔全留在游览车的座位上，不禁一脸失落，开口抱怨自己。

几乎是在同一秒，身旁传来不间断的快门声。

“安啦！等照片洗出来，你就可以看着照片画了。”将自己目光从相机屏幕上移了开，他看向我，投以一贯的笑。

为什么这张笑脸不可以是我的？为什么不属于我，为什么？

突然我控制不了地用双手扒上了他双颊，左捏右揉，还没头没脑问出三个字——

“为什么？”

“啊？”整张脸快被我捏成异形，他满头问号和我大眼瞪小眼。

“为什么你一直不告诉我关于她的事？”抿紧了双唇，我皱眉问。

“啊？”脸被我捏得更扭曲了，他又不解地啊了一声。

“我们就不要再假装什么都不知道了好吗？我都听说了。”倏地松开了捏在他脸上的双手，我改成双手交叉在胸前斜睨着他，又说道，“听说你有个女朋友，很棒的一个女朋友。”

收了收方才抬高的下巴，我补充道：“而且还没分手，是吧？”

“……”

听见我的疑问，柳树发愣了好久，久到秒针都跳动了三十下，久到他连捧着相机的手都放下，他才默默地缓缓点头。

而我听见了我脑袋崩裂的声音。

最后一丝希望，没了。

“是没分啊。”

好啦，我都已经知道没希望了你还想怎样？

一把火在我心里燃烧，既然连最后一丝希望都不给我，那干吗吻去我眼泪？那干吗装可爱扯我袖口？那干吗还温暖我右手？

“我不懂！不懂！”

“啊？”

忍无可忍地，我连尊严什么的都可以不要了，你知道吗？为了得到你我可以什么都不在乎，你知道吗？

我激动到整个人快喷火，但真正问出口的话，却还是史上无敌得弱。

“都没有……打算要分手吗，你们？”语气弱惨了，我问。

“嗯？分手？”不知道在跟我天真什么，他眨了眨双眼，回答的语气显得理所当然，又说，“没有啊。我们不可能分手的啦。”

啊？

你、你你们不是都大吵一架了吗？不是都闹翻了吗？不是都决定分居了？不是都决定要暂时分开了吗？

“为什么？”

“啊？”对于我异常愤慨地逼近，他缩着脖子向后倾，摊平了双手对我说，“因为我不允许啊。”左眉下意识地压下了左眼，他笑笑开口，笑笑地又捅了我好几下。

我忽然痛恨起这种不负责任的笑容。

“你就……这么放不下？”握紧了双拳，我低头，让头发遮住我的表情。

“当然喽。”

又是这种声音，理所当然到吊儿郎当的语气。

“我和她啊……”走到了油菊花田旁，他蹲下来说，“我们是历尽千辛万苦好不容易才在一起的，比偶像剧还曲折离奇的那种哦。”

“……”所以呢？

关我什么事。

想挽回她，是吗？

我想问，可问不出口。

还是一样，不想知道某个已经知道的答案。

Chapter 9

性向混乱。

听过这名词吗？

没关系，我也是前几秒才第一次听。

“性向什么？”我一边拉住柳树的衣角，一边瞪大眼不敢相信自己刚听到的那句话，接着说，“你刚说你以前性向什么？”

“嗯？”向摊位老板付了钱，接过刚炸好的杏鲍菇后，他眨了眨眼看着我讲，“噢，性向混乱啊。”

“我以前有好——长一段时间都以为自己是同性恋哦，哈哈，很蠢是不是？”

“……”

“干吗啊，表情有必要夸张成这样吗你？”扑哧一声，他指着我，嘴角上扬幅度渐增地问。

见我表情丝毫没有想恢复正常的样子，他这才憋笑着将右手伸进背包夹层、掏出专业相机对着我的蠢呆脸按下快门。

“哈，够蠢。”再次扬起了四十五度角招牌笑容，他斜斜看着我说，“欸，你可以恢复正常了吧？”

“……”要不是我太想吃他手上那包杏鲍菇，我大概也没办法这么听话就恢复正常的饥饿表情。

“那、那现在呢？”吞了吞口水，眼巴巴地看着挂在他手上晃啊晃的杏鲍菇，我问道。

“现在？你说性向混乱噢？”

用力点了点头，我终于憋不住地伸手示意他，再不给我吃我就吃了他。

勾起右边嘴角，他帮我用竹签叉了一块巨型杏鲍菇给我。

“现在，完全不会了啊。”扬了扬眉，他咧嘴笑得很灿烂，又说道，“是被她给治好的，我想。”

“……”

心跳压着呼吸，我逐渐吸不到空气。

围绕着我和他之间的氧气，开始不足。

“她……”柳树开口看着前方说，“她消失的那一阵子，我才看清楚自己，”遗憾地拉出一弧笑，他一脸感慨。

“是该感谢她的啊，让我发现我错了多久又错得多离谱。可我却只知道怎么伤害她。”

无声咀嚼着嘴里的杏鲍菇，我味蕾疲乏地尝不出任何滋味。

“刚考上我们学校时，有个初中曾和我同班的三八鬼到处宣扬说什么我初中的时候，向某某男同学表白过。”

“哇，他不知道你妹是跆拳道黑带吗？”

我忍不住敬佩起那三八鬼，勇气可嘉啊毕竟。

露出了上排整齐亮白的壮硕贝齿，他笑，而笑声磁性得可以。

跟着我一起席地而坐之后，柳树也叉了块杏鲍菇入口。“虽然这八卦千真万确是个事实啦，”耸耸肩，他挑高了眉，“但我还是违背良心，坚持立场说我是个异性恋。不过八卦的威力也太大，你知道。”

吞下了嘴里的杏鲍菇，我看着他，点点头。

“毕竟我真的不想再来一次啊，初中时那种黑暗日子，”像个可爱又不失魅力的日系男孩般，他努了努嘴讲，“我就是不想再像初中时一样，每天被一些认识或不认识的人指指点点。不管是嘲笑、歧视，还是唾弃。”

回想起我的小学时代，没人敢靠近阴沉而绝望的我。

我于是将眉毛压成八字形点头。

“我懂。”

只是当时，我还拥有一个依靠。

见我理解他当初的心情，他转开手里的梅子绿茶饮料喝了一口，连带刚才的那口杏鲍菇吞入喉，并说道：“所以后来，当她跑来我们教室，在走廊上大喊喜欢我的时候，我想都没想就接受了她。毅然决然地那种接受法。”

眼神像在回味当时一般，他嘴角轻扬。“是有点莫名其妙，我知道，”笑出了声，他摇了一下头说，“我从来没想过自己和某个人的交往可以这么突然。”

……我也没想过爱上一个人的我会变得这么悲惨。

“可是——”将左手肘撑在自己左膝上，他以左手掌托腮说，“可是从接受她的那天开始，面对她每天都向我露出的那种表情，该怎么说……就是足够幸福的那种表情吧，笑容甜甜，眼睛也闪闪发亮……”

“啊——够了够了，很有画面很有画面。”右手摊平上下拍了拍空气，我半眯着眼冷笑了三声道。

“总之我就是很内疚，每看一次她那种表情我就内疚一次，”噘嘴吹了吹自己眼前那片斜刘海儿，他眼尾有如悬上一抹无奈，继续说，“到底在骗谁啊我？那时候我常常会这样想。”

唇边漾出一抹苦笑，他那原本望向远方的视线渐渐移向我说：“即使骗过所有人也骗不了自……许芸芊你到底是有在听还是没在听？！”

“啊？”

“啊什么！我是很认真地在跟你讲！”

“我也有很认真地在听你讲啊……”好委屈地，我缩起肩膀回答说。

而他则是向我不留情地翻了个白眼，指着我手上的油菊花。“认真在哪儿你告诉我，还在那边做戒指，”拧了拧眉，他又说，“还有，你什么时候偷拔的？”

“我哪儿有偷拔啊！”将花茎卷成圆形打了个死结，我将成品套在自己小指上，说道，“这是刚才掉地上的落花好不好。”

凑近了脸，他抓起我右手小指看了看讲：“戴小指上太松了吧。会掉啊。”他抖了抖我右手，花戒指就这么轻轻松松从我小指上滑落坠地。

“啊，对耶。”早知道就多绕几圈。

一脸伤脑筋的我以左手抓了抓脸，这时他却轻手轻脚地将花戒指捡起，缓缓套在了我的右手无名指上。

像被按下暂停键一样，我全身动弹不得，就连我那只还在抓脸的左手都忘了怎么移动。

抓着我右手手腕，并将我右手给挪远了些，他满意地看着，而脸上挂着笑。

“戴这里刚好。”他说，用一种评论家的口吻。

当他的手终于放开了我手腕，我将无名指上的油菊花凑到了眼前。

真的，戴这里刚好。

帮我戴上的人，也刚好。

“啊，你笑得好变态。”左手食指笔直地指向我，他一本正经地评论我说。

而我则是用右手手刀“我打——”一声朝他头顶垂直砍了下去。

“你在劈柴啊？”

双手抱着自己那颗刚被我砍爆的头顶，他鬼吼。

“啰唆，”抬脚瞄准他的背脊，我一脚就踹了下去，又说，“去买杯印度拉茶来，我就不跟你计较。”

露出一脸囧样，他疑似在心里疑惑该道歉的好像是我。

但他还是自认衰蛋地拍掉自己背上的脚印，笑着起身。

……我就知道他有被虐倾向。

想到这里，我看着他走进人群里越变越小的身影，不禁歪着头，将双眼眯成了两条小缝缝。

果然是只听话的狗狗。

可惜已经戴上别人的项圈。

满脸惋惜的我出神地噘了噘嘴，直到有人在我眼前挥动着手掌，我才恍然回过神来。

“在这干吗？”

朝手掌的主人、疲惫声音的来源看去，果真是蓉蓉。

“……没啊，没干吗。”想了一下，我突然觉得还是不要让蓉蓉知道我正和柳树在一起会比较好。

很奇怪，明明一开始还百般不愿再和他独处的，明明刚到这目的地我就拔腿逃离他身边。

现在，却又连一秒都舍不得离开。

……怎么搞的，我被下降头了吗？

撇了撇嘴，我抓抓脖子背脊发冷，抬头对上她那张倦容，善意地出言询问：“倒是你，肚子还好吧？”

“噢，还好啦，不过有点虚脱。”吸了吸鼻子，她捏着自己的后颈儿转了转头说，“我想回游览车上睡一下。”

“……来新社睡觉？”

凶巴巴地，她把我从头到脚瞪了一遍喊道：“你以为我想哦？！”

被她那熊熊气势给吓得脖子一缩，我放软语气试着安抚眼前这个内分泌失调的难搞女人道：“好好好，去睡去睡哦乖——”

“自己一个人没关系吧？”迈出步伐，她边走远边回头问了我一句。

“这句话不是我该问你的吗？”

闻言，她最后投向我的表情是眯起眼，弯了唇。

这阵子以来，她总算笑得像样点了。

约莫在蓉蓉那抹纤细背影渐渐走远，远到看不见之后的五分钟，柳树提着两袋印度拉茶走来。

“给。”把其中一袋拉茶交给我后，他就急巴巴在我身旁坐下来，像是小孩子怕自己精挑细选的座位被别人抢走一样。

笨蛋。

抿着黑色吸管，我吸了一大口印度拉茶，冒着牙齿被蛀光光的风险，我刻意在嘴里滚了一圈才吞。

甜腻，却不失清香。

“好喝吗？”

我笑眯眯地点了点头，吸了第二口拉茶我才突然想起他刚才好像还有什么话没说完。

“啊，你刚才……是不是还要说什么被我打断了？”

呆呆地眨着双眼歪着头，他整张脸在我看来变得有点像呆呆兽的。

“有吗？”他眉头皱到都可以夹死蚊子了，还是想不起来地问。

换我翻白眼了这下。

“有啊。你和你女朋友历尽千辛万苦才在一起的辛酸血泪史不是？”

“对了，”像被点醒了一样，他张圆了嘴右手握拳，朝摊平的左手捶了下去又说，“嗯——反正就是觉得自己辜负了她，也耽误了她呀。”

“因为你喜欢男生？”

“……”

“不对噢？”

“对是对啦，”他笑得有点无力，又说，“不过只有当时哦，我强调。”

看着他那根竖在我双眼中间的食指，我差点斗鸡眼地咧嘴而笑。

“知——道啦。”咬了咬下唇，我点头道。

满意地点点头之后，他才继续说了下去：“总而言之啊，后来我还是向她坦白了，在我们交往满两个礼拜的那天晚上。”

“快刀斩乱麻吗？”

“呵呵，可以这么说吧。”吸了口印度拉茶，他放松身心讲，“向她坦白了之后……不会预知我也能知道接下来的生活会变得怎样。”

“像初中那样？”

将嘴巴撇向了左边，他闭着眼点头。

“是怕她会把消息传出去吗？”

嘴巴换成撇向右边，他睁开双眼点头，但随后又改成了摇头，说：“结果，她并没有和任何人说。”

“哦？”

“所以我们后来达成了个共识，就是要继续假装下去。”搔了搔后脑勺，他有点不好意思地讲，“假装我们还是男女朋友，有点像在互利共生吧，这样。”

“……”保持静默地，我专心吃着杏鲍菇，什么话也没说，不知道什么话才适合我这种角色来说。

从肺部深处叹出口长长的气，他把拉茶当啤酒一口喝干。

“后来——”打了个饱嗝儿，他露出一副失业男的落魄样说道，“后来我们因为有点误会，所以分开了一阵子。”

看着他刚毅的侧脸染上了失落，我问：“就是那阵子吗？”

“嗯？”

“让你恢复性向的那阵子。”我补充道。

想了三秒左右，他轻点了下头，敛下笑容后的他，和笑起来的感觉可说是截然不同。

“都是我的错，”一脸认真地，他又将罪恶往身上揽了，并说，“都是我，我们现在才会变这样。”

想挽回她，是吗？我想问，可问不出口。

还是一样，不想知道某个已经知道的答案。

我于是改口说：“当初，是怎么错的？我是说你的性向。”毕竟我还是很难想象柳树会错以为自己是同性恋。

望秋还说得过去。柳树？怎么可能？连没长眼睛的人也不会去怀疑他。

“……”

听了我的问句，他只是沉默地用竹签又叉了一块纸袋里的杏鲍菇，默默地放入口中咀嚼。

转头，我看着他牙齿左右摩擦，再将目光移到人来人往的摊位处。

“唉——算了，不想回答也没关系啦。”

看来是很痛的回忆。

伸手覆上了我头顶，左右摸了摸，他用鼻气哼哼笑。“小时候的阴影喽。”终于气氛不再紧绷，他说，“说来话长啦，不过真的已经不重要了。”

“哦？真的假的？”嘛着嘴，我眼球转到左上方瞄向他问，“反正已经导向正轨了？”

直视着我，他脸上挂着笑，上下点了点头说：“反正已经导向正轨了。”

接过他递来的杏鲍菇，我心里一颤。

好怪异的感觉，眼前这人的眼底好像藏了很多我想知道的。可是，说到底，我依然不认为我有那种权利去知道太多。

胆小地，怕极了眼前这个人对我不耐烦。

他可以接受我任何的刁钻要求，但我还是不认为他能连我的穷追不舍都一样包容以对。

只是，在他面前，我却一再一再地拉不住自己，一再一再地想去挖掘。

什么真的已经不重要了？不知道内幕的我，怎么知道那种事对他而言是不是真的已经没事了。能扭曲他性向的，怎么可能这么轻易就烟消云散?

一直以来，我痛恨被骗。

被蒙在鼓里的，不该都是我才对。

一直以来，我痛恨被骗，尤其是被眼前的这个人。

这个他。

“怎么了？快吃啊,等一下就要去集合了。”见我丝毫没要动的意思，他笑眯眯地又叉了块特大号杏鲍菇，迅速塞进我嘴里。

“……”怎么？想一脸和蔼地噎死我是吧?

艰难地咀嚼着嘴里那坨杏鲍菇，我脑袋只剩下空白。

“你、你那女朋友，读我们学校吗？”含含糊糊的一句话，就这么从我嘴里脱口而出。

意外到连我自己也吓到脸变形。

同样是一脸惊讶地，他倏地扭头看向我，愣住整整三秒才反应很大地吸了口气，还给我装娘地用双手捂住自己下半脸。

“嗬——难、难难难不成你要找她出来决斗？不！不要为了我打架啊！”

实在受不了的我翻了个大白眼给他，说道:“真的很爱演啊你！”

“啊——我为你奉献这么多，你现在居然嫌我碍眼？”

看着他双手贴上脸颊摇头的脑残样，我瞬间就咧开了嘴，笑到我整个人都快把自己给对折起来。

“好了不要笑了啦，”眉压左眼，他扬起嘴角说，“天啊，你笑点真的很低啊。”伸手，他一脸混账地揉乱了我花一个早上才整理好的一头鬈发。

“问这干吗？”

为了避免笑出六块腹肌，我勉强憋住了笑，并换上一脸认真的表情。

“因为——我好想看看她长什么款嘛。”撒娇意味浓厚，我噘嘴回答。

愣着一张脸，他将头歪向了左肩，说道：“就经典款呀。”

“……”哦，什么吗？

大概是看我已经做出要翻白眼的预备动作了，他于是摊平右手上下挥动，然后说：“好啦好啦，我带她的照片了，要看吗？”边掏着牛仔裤口袋里的皮夹，他边问了我这么一句。

问了这么一句又让我定格住的问句。

下一秒，我才慢慢解除自己脸部肌肉的定格，反应过来开口道：

“你……带着她的照片哦？”

随身带着她的照片，是不是代表他和她的过去，永远都不会过去？

我根本，就怎么也过不去。

“嗯，一直都带着哦。”又补了我这么一句，他神态自然地翻起皮夹。

“……”

应该有着一张，令人难以忘怀的脸吧？他的她。

心不甘情不愿地，我猜想。

“噢，找到了找到了，在这里。”将那张看似精心裁切过的长方形照片，从皮夹的夹层中抽出，他看了一眼才舍得递给我。

递给我，谁也介入不了的他和她。

“……”看着画面里那两个笑得像新婚夫妻似的他们，简直在向我闪着刺眼炫目的珍贵幸福，我忍不住地视线开始模糊，模糊，再模糊。

终于。

一切都失了焦，起了雾。

在眼泪滴上照片的那一瞬，坐在我左边身侧的他，下意识地以右手包覆住了我右肩，像在安抚刚打完预防针的小孩一样，轻拍着。

而我看着手里的照片，不由自主地就将头靠上了他颈间。

所有动作，都跟照片里的她和他，一模一样。

你从医院醒来的那一秒，

我们之间的一切都是真的。

不再假了。

Chapter 10

想不起来。

就像脑中的记忆超过二分之一都被修正液覆盖。

医院的纯白天花板，是我在车祸发生后第一眼看见的东西。但在当时的我看来，那张天花板却像是我生平第一眼看见的世界。

还不太适应强烈光线的我，在下一秒又闭紧了眼。

回到黑暗中的感觉比较安全，比较平静，也比较容易思考。

我设法回想着我是谁，但眼前的一片漆黑里，浮现的却是蓉蓉那张脸，再来是已经有点模糊了的妈的身影，接着……爸呢？

我不自觉地皱起眉，试着在混乱的记忆库中搜寻他的面孔。

可惜出现的，却是另一个感觉年纪稍小的男性轮廓。在记忆里糊成一团的轮廓我根本无法辨认，只知道那是个男生，是个拥有安定气息的人。

于是我更加确定那不是爸。

就在我不死心继续寻找有关爸的记忆时，我猛然想起了妈再婚的这件事，也瞬间就想起了我决定自己一个人住，给妈全部自由的人生这件事。

对了，我是一个人。

……是吗?

我使劲拼凑出我一人住的那间老旧公寓，拼凑出客厅、厨房、浴室、和卧室，还有另一个人……

谁?

突然，灼热的呕吐物迅速涌上，像维苏威火山准备吞没庞贝一样，肆无忌惮地烧灼着喉咙管。

在酸液冲出嘴的前一刻，我下意识起身，头转向了病床左侧。

无力的身体，就这么反复做着反射性的出力动作，虚脱的内脏同时在体内推挤、压缩、翻腾。

我迷迷糊糊地知道，我把这病房的地板给染了色。

就在那当下，站在一旁不知道在瞎忙什么的护士小姐，一听见我的呕吐声就停下了手边的动作，小跑过来问我要不要紧。

听到她那问话我其实是很想对她翻个白眼的，但当时我实在连移动眼球的力气都没有。

所有力气全用在了体内的翻搅与推挤，一次又一次、一次又一次，痛苦到我都开始祈祷哪个谁谁谁快来把我给一枪干掉。

只是，我连谁的名字，都想不起来。

芸芊小姐，经过院方检查，这次的车祸事件已造成您轻微的脑震荡，可能得请您住院观察一阵子。

后来，女医师口中的“一阵子”，随着蓉蓉和柳树的一再探望而过去。

芸芊小姐，很遗憾。但我认为您该知道，轻微的脑震荡很可能会伴随着短暂的记忆丧失。所以某些零零碎碎的记忆，可能得靠您的脑部自行修复了。

多不负责任啊，这长了一张鲶鱼脸的女医师。

无论是这些或是那些，全都是在我呕吐完了才得知的。

当我还在呕吐时，隐隐约约感觉到我身旁那位始终冷静不下来的护士小姐，在疑似按下了紧急通知钮之后就不断在我耳边碎念。

或许她是想转移我注意力，试着让我好过些，但当时的我听来，从她嘴里吐出来的每个字都默契十足地全部变成嗡嗡嗡。

一切在我听来都是那么嘈杂混乱，有一刹那我还以为自己又要晕过去。

我甚至还能在护士小姐发出的嗡嗡声中，听见夹杂其中的微弱抽泣。

一直到后来，我才知道那是来自于隔壁病床的小女孩。

那女孩居然一直哭到我呕吐完毕还在继续哭，连中场休息都没有，就那么半身石膏地平躺在病床上掉泪。

微微侧躺着，我无声地看着那女孩的泪珠不间断地从脸颊滑落，浸湿着枕头布套。

过了好久，我才明白。

我可以吐到没东西可以用来呕吐，而她的眼泪却失去底限。

我们都有所失去，只是我连失去后的应有反应也失去了。

我不知道我该不该难过，我不知道我该为什么而感到难过，我根本就想不起来足以让我难过的那个点。

“不知道比较好。”那女孩曾经向我这么说过。在互相交换了各自的名字和情况后，她对我说，不知道比较好。

“嗯？”盯着她边说话边掉泪的侧脸，我疑惑地说。

而她，那个十四五岁的女孩，稍稍转过头来瞥了我一眼，随后又把头给转回去继续流她的泪，说道：“什么都不知道的人，会比较快乐吧。”

“……”是这样的吗？

当时我很怀疑她的这句话，甚至还有那么点反对。

那女孩叫桑妮，也发生了车祸，是坐在车里被撞，而非像我那样走在路中间被撞飞。

她爸因为在驾驶座受到的冲击力过大而送医不治，相较之下，坐在后座的桑妮逃过了一劫。

我知道她心如刀割，我知道她认为自己是扫把星，因为她才刚加入那个新家庭没多久就发生了这种不幸。

桑妮是被领养的，简直就像现代版的小甜甜，只是少了安东尼啦，陶斯啦，还有那什么阿利巴先生。

而我只是在想，她那句“不知道比较好”听在当时我的耳朵里有多刺耳。

我不认为她有什么资格来认定，想不起自己爸爸是谁有多么好；我不认为没经历过另一种人生的人，有权利评断自己的人生最差。

然而现在，我了解了。

她只是想表达她有多想忘记，她只是想告诉我，其实什么事都不用看得太清楚。一旦掀开了所有，我们不一定真有办法去全数承受。

我懂，我认同。

我设想过无数次，当我回想起全部记忆时的样子。

我想我会抱着头，脸部会像湿毛巾被拧干一样扭曲在一起，接着我太阳穴会暴出青筋，最后就这么昏厥过去。

因为我确实这样过。

隐约记得我出院住进蓉蓉那套房后的前段日子，望秋不常来，只有柳树会天天来。

当时他常会在我意识不清的时候，对我说些什么。

好像是些蛮重要的话，但我总在尚未听明白之前就抱着头哀号了。

屡试不爽，总是这样。

到后来他和蓉蓉都选择了放弃，他们认为我的脑袋还无力去处理我的过往。

“会负荷过量的啦，还是慢慢来吧。”那时我常在迷糊中听到蓉蓉对柳树说出这类的安慰话。

呆呆的，我老是不当一回事。

只知道在蓉蓉的安慰后，柳树回应的语气总是带有鼻音。

那阵子他们简直把我当小孩子看待，因为轻微脑震荡所带来的症状还不少，并非只有那些广为人知的头痛恶心，还包括意识不清甚至是走路不稳。

要不是我坚持说上学没问题，他们大概会怂恿我干脆直接休学在家养病。

时间,会修复脑部所受的损伤。我记得鲶鱼女医师在我决定出院时，是这么说的。于是她在评估了我的身体状况后，同意让我出院。

毕竟留在医院和祖母级的病人抢病床也太没道德了点。

“小芊，小芊你确定可以出院了吗？”出院的前一天，还满脸汗珠的阿姨突然冲进病房来，一看见我就抓着我肩膀前后摇晃。

“阿，阿姨，我我我没事啦，你再晃我就要二次脑震荡了。”

“哦，哦哦，抱歉。”一脸慌张，她迅速将双手从我肩头上移开。

“嘿，我说小芊哪，”放低了声音，阿姨像在讲悄悄话般，把嘴巴凑到了我耳边说，“不要在意医疗费的问题，医疗费全部交给阿姨处理。”

“阿，阿姨……”

“放心，”轻轻拍了拍我的背，她笑得自信且冷静，接着说，“我是不会跟你妈讲的，她现在人在巴黎嘛，讲了破坏兴致。不过你也真……”

“阿姨你压到我点滴了。”好委屈地，我指了指插在右手上的软针讲。

“啊，抱抱抱歉。”倏地挪开她那只原本压在我点滴管上的左手，她反应很大地从椅子上跳起来，结果却撞到点滴架。

……阿姨你和我的点滴有仇吗？

习惯性地皱眉，我笑着将她那张脸用双眼拍摄下来储存，并命名为“阿姨”。

这动作我持续了好一段时间。

我用双眼拍摄一切，像在增加新记忆般。

同时也从旧相本中，找出一张张的旧记忆。

“在想什么啊，芊芊？”蓉蓉的问话，将我从呆愣状态里唤醒。

“没、没什么。”我微微震了一下，左右摇头答道。

在新社花海校外教学结束后的隔天，我们起了个大早，噢，或者该说是我起了个大早，叫蓉蓉起床。

当然，一开始蓉蓉根本理都不理我，直到我用一打罐装啤酒来交换，她才二话不说从床上坐起来。

交换条件是她要载我到我自己的那间老旧公寓去，陪我找与某树的相关记忆，直到找到为止。

“好了，我们现在都进来了，你想起什么了吗？”一脸很困很困的样子，蓉蓉双手抱胸站在墙壁全绿的客厅正中央问道。

“嘘！不要吵我，就快想起来了。”左手扶着额头，我右手朝她竖起食指说。

翻了翻白眼，她绕过我，往卧室的方向走去。

“欸？去哪里啊你？”我也跟着她进了卧房。

熟悉。

熟悉的浅蓝色床铺，熟悉的木制书桌配上实在不搭配的破烂铁椅，熟悉的黑色笔记本，不是很熟悉的地铺……

地铺？有人在这里打过地铺？

柳树吗？

“呐，拿去。”蓉蓉一拿起桌上的黑色笔记本就朝我丢过来说道。

而我被砸个正着。

“谢你噢。”白了她一眼，我一边揉着被她给砸红的鼻骨，一边捡起落地的笔记本。

正确来说，是日记本。

“里面会有线索吧。”露出灿烂的笑容，她双手缠在一起歪着头看着我说。

就在我向她点点头正想翻开日记本的那个当下，我们一起被大门外的金属敲击声给吓得魂飞魄散。

“你不要这么夸张好不好！”右手扶着心脏，我边喘气边瞪她。

“刚刚尖叫的不知道是谁哦！”回瞪了我一眼，蓉蓉皱鼻说道。

我们于是剪刀石头布，决定谁要当先锋到前面去看看发生了什么事情。

结果她出剪刀我出布。

该死的烂布。

轻手轻脚地，我拉着背后的蓉蓉走到客厅，试着不制造出任何一丁点儿噪音。

远远地我就从大门旁的毛玻璃窗看见了人影。

那漆黑的人影，像是被毛玻璃马赛克处理般分割成一块块大小不等的变形正方体，我看不大出来那是谁，我只知道他正想离开。

小声地，我全身放松吁了口长气。

“走了吗？”蓉蓉掐着我身上的毛衣，怯声问。

在外头传来了下楼梯的脚步声时，我才确定地向她点了点头。

经过我好说歹说了将近一分钟，蓉蓉才终于愿意陪我出大门去看看刚才的金属敲击是怎么回事。

开了大门后，门外一个人影也没有，有的只是个明显向左歪斜的铁制信箱挂在门边。

“它原本是歪的吗？”用食指指了指信箱，蓉蓉皱着眉头问。

伸手将它给扶正，我漫不经心地回答了句“不是”，下一秒才恍然大悟，刚才的金属敲击声是来自于眼前这信箱。

倒吸了口气，我想也没多想就冲进房内，从先前藏好的纸盒里找出了信箱钥匙，又冲出门外，然后打开了信箱。

信箱里，一封信，一张专辑。

专辑封面是三个对着镜头绽放笑容、稚气未脱的女孩，而写在笑容之下的六个蓝色字样，着实让我惊了好大一下。

青春株式会社

回过神后，我第一个反应就是伸手将那封落在信箱底层的信拿起。

本来是想拆信来看的，但拆信的动作进行到一半我就又愣住了。

看到它的第一个想法，是庆幸。庆幸我朝金属信箱里再看了一眼，不然我也不会注意到还有个东西压在信封底下。

压在信底，也压在记忆底层的幸运手环。

右手抓出手环的刹那我就想起了他，那个圆圆胖胖的小男孩。

我于是倏地抿紧嘴，不顾蓉蓉投过来的好奇眼光，就这么拔腿跑下楼。

还来得及，来得及。

抱着这种想法，我昏着脑袋狂追。直到跑出了公寓，在一楼大马路旁的骑楼下看见他。

孤独的背影走得好慢，慢到像老人家在做康复一样，好慢。

喉咙一阵干涩，他的名字我叫不出来，我知道他的名字，我了解他的一切，可是我——

我没有力气。

看着那个男人独有的宽厚背影，以缓慢的速度变小；目睹着他那头再熟悉不过的利落短发再次随着走动而跳跃，我双腿却不争气地发软。

我没有力气。

阿树就在面前，就在面前，可是他小学时的那张脸又冲进了我的脑海。

我看见他受了伤。

他将幸运手环交到我手上，表白。那是他第一次表白，讲出我最想最想最想听见的一句话。

而我却刺伤了他。

就算不是故意的好了，就算是因为梅尼埃病的发作也好，无论如何我还是在围观众人的面前干恶出声。

没有人知道我患有梅尼埃病，没有人能替我解释。

我只能无助地目睹阿树和其他人一同以为我过分地用干恶来拒绝。

“看吧，我就说不会成功吧。”混乱中，我看见某个幸灾乐祸的黝黑小男生拍拍柳树的肥背，落井下石。

“啊，好狠哦……”嘈杂里，不知道是谁发出细声责怪，批评着无力反驳的我。

“减个肥再来啦，你看人家都恶心到要吐了。”从刚才就停下来看好戏的一位高年级学长开口嘲笑，还过分地推了推柳树的脑袋。

在每个人所投递过来的怜悯、嘲弄、责怪、同情的眼神中，阿树以为自己承受得住，他于是抿着嘴，皱起下巴强忍住泪。

忍到后来，他还是在眨眼时，克制不住地流下了满溢出的泪。

在泪水落地的那一瞬间，他的自信瓦解。

对不起。

三个字，哽在喉咙无法说出口，喉咙忙着发出一次次的呕吐声，我紧捏着手里的幸运手环，在完全失去意识之前，从眯起一半的眼中看见他离开。

他转身逃离。

在所有人的视线中，好落寞地离开。转身前他并没有看向我，并没有一如往常最后给我一个笑容。

他于是不知道，我已在他身后昏厥了过去。

这是我们第一次错过彼此。

无奈地撑起眼皮，我眼睁睁地看着远方的人影消失在转角。

跪坐在骑楼下的我，手中像当时一样捏紧着幸运手环，只是我没昏倒，只是就算没昏倒我也没那个力气追上前去。

懦弱得可笑。

我怕我脸上那流得乱七八糟的眼泪会吓到他，我怕、我怕我根本就没资格让他看见我的眼泪。

有权利哭的，好像从来就只有他。

努了努嘴，我皱眉。

“怎么了啊？突然跑掉。”背后传来的嗓音不是来自阿树，而是蓉蓉特有的高分贝和接下来的夸张版倒抽气声，“呦——”

我大概可以想象到她接下来会有的惊讶反应，不外乎是“你哭了”之类的心疼语气和表情，还有她也许会拍拍我的背安慰我几句。

“你这什么臭脸？”结果她惊呼出口的竟然是这句。

双手将我的妹妹头刘海儿从中拨开，她顺着我的颊边滑落手指，直到用双手捧住了我整张脸。

“丑死了，”嘴角有点抽筋，她挺直了脖子，用鄙视的眼神斜斜注视着我的脸说，“眼泪吸一吸，鼻涕吞一吞，上楼了啦。”

她一脸受不了地试着将我从地上拉起来，都双手并用了还是没办法。

我动不了。

“想冻死街头哦你？”她斜睨着我。

“不不不是啊，我脚软。”

“噢天啊，毛病那么多。”抱怨归抱怨，蓉蓉却还是苦笑着蹲下，在我面前，她双手手心向后说，“上来。”

“你要背我哦？”

“不然你背我哦？”

面对蓉蓉凶巴巴的样子，我还是忍不住地笑了，我缓缓爬上了蓉蓉那片又窄又摇摇晃晃的背。

很不牢靠的感觉，却温暖得可以。

“真的很重啊！”吃力地将我丢在公寓里的旧沙发上，她气喘如牛，好像要杀了我地说道。

和她相瞪了起码有一分半钟，蓉蓉还是一句话也没说。

直到她的呼吸频率渐趋正常，她才忽然将右手伸进口袋里，抓出那个刚才还躺在信箱中的白色信封，接着还提高了右手，将信举在半空。

下意识地，我双手抱头。

“你干吗？”

“呃，没有，我、我以为你要打我。”

撇着嘴，她闷笑了出来说：“还没凶成那样啦。”

扬起右边嘴角，她斜瞪着我，并将信封丢入我手中说：“还不快看。”

“遵命噢可蓉女王。”唇边牵着笑，我动手拆开了信封。

芸芊：

我不想吓到你。

一直以来我都忍着不说，就是怕吓跑你。

刚开始你老是无法接受我们的过去。每次和你说我们曾经去过哪里、做过哪些事情的时候，你总是脸部扭曲喊头痛。

每一次，我都有种你就要逃走的感觉。

我怕了，于是不再提。

我和蓉蓉他们都决定不擅自提醒你以前发生过的事，避免你那颗脑袋负荷过量。不是说你脑容量不够还是怎样，只是怕你脑袋久而久之会产生排斥。

我们都害怕你到最后会选择直接遗忘。

但是，自从你车祸以后，慢慢地我开始无所谓了。

因为我发现，我更喜欢现在的你。

现在，你变得跟之前很不一样，也许你自己没有感觉，但我要告诉你，失去记忆以前的你是个完美小姐。

完美到一丁点瑕疵也没有，有点不真实，完美到……有点像假的。

那阵子，我们成了互利共生的假情人，什么都是假的，当时我是这么认为。一切都不是真的。

那时我无法辨认我是不是喜欢你，因为我们之间一直隔着两层距离。

一层距离是你坚持要表现完美而产生的距离感，另一层则是我仍然一心认定我是个同性恋。

你的那层距离感让我更加确信我比较适合男生，因为女生对我来说还是那样难以亲近。

而我那层距离，好像反而让当时的你刻意表现得更完美、更无法挑剔。

我们都误会了很多。

这是在和你分开的那段日子里，我推导出来的结论。

在我们同居生活的最后一天，我为了打蜘蛛而不小心压破了你那盒大纸箱（我得强调我是不小心的，没要故意偷窥的意思），总之，从纸箱里掉出了你小时候的相册，还有我小时候送给你的幸运手环。

我得说，你小时候长得跟你现在还真不像。

我的妈啊，知道你就是小学狠狠拒绝我的那个女生时，我简直就要吐血了。

林可蓉跟我说，你自从上了初中以后就变得开朗温柔好声好气，还从那时候开始就接触化妆品和隐形眼镜。

难怪都和你交往那么久了，我还是认不出你就是以前隔壁班那个小女生。

认出你就是记忆中的她之后，我的第一个反应是逃。

于是我的生活和你的生活，就这么逐渐分离开。于是我的世界，开始失衡。

每天都变得陌生，每天的例行公事都少了你参与。我不知道这会不会只是种不习惯的感觉在作祟而已。

我只知道我是个胆小鬼，只会每天每天逃开你、避开你。

我对明明知道一切事情，却依旧选择隐瞒的你感到害怕。

直到后来，林可蓉打电话来告诉我，你出车祸了。

那一瞬间我才发现，我更害怕失去你。

嘿，芸芊，我不想骗你，所以我希望你明白你当时给我的打击，可说是我后来的阴影。

我有好一阵子不敢看女生的眼睛，也不敢和女生讲话超过五分钟。

哈，你一定会觉得哪有那么夸张，还严重成这样。

你不相信也没关系，因为反正也不重要了，对现在的我们来说，毕竟都不重要了。

我已经知道小学那次，是你第一次发病，我懂我懂。

而我只是希望你也能懂，懂我为什么会以为我是个同性恋，还误会自己性向误会了那么久。

没办法，被你不小心拒绝后，我就一直觉得女生好可怕。

喂、喂，不要笑！真的啦！

唉……算了，反正都过去了。

不是吗？

看见信箱里的幸运手环和SHE的专辑了吗？

幸运手环是你被送到急诊室时，手里握着的东西。

林可蓉说你是为了回头捡这手环才被车撞的。

笨死了。

笨死了，笨死了，笨死了，笨到脑浆根本就干掉了你！

怎么会有人为了捡这种东西闯红灯？你好歹也看一下红绿灯好不好！车都开过来了还跑回路中央捡！天啊，它又不会长出美腿从你面前跑掉！

你真的很想气死我对不对？

真是。

气得我眼睛都湿了。

总之，幸运手环现在还给你，不准再掉了。

再掉的话，我就、我就——

我就再做一个给你。

至于SHE的专辑，我听够了，尤其是第六首。

当我们在唱片行看见第六首的歌名时，你哭了，我笑了。

我知道你还记得的，只是脑袋暂时没想起来而已。这首歌是你以前最爱听的。

之前你坚持把它放在部落格上，当网志的背景音乐。林可蓉老是叫你换掉，她老是搞不懂，明明我们两个感情甜蜜蜜的，你干吗坚持不把这首悲情歌换掉。

她不懂，我懂。

我们表现出来的一切都不是真的。

你很介意这点，我感觉得出来。但我拜托你别再介意下去了，因为没有必要了，知道吗?

你从医院醒来的那一秒，我们之间的一切都是真的。

不再假了。

柳树

一行行的笔迹工整到不像男生写的，但那确实是阿树的字迹，我认得。

当目光扫过那最后四个字时，我整颗心、整个人都像被灌满了铅，拖着沉重的步伐，走到客厅那台音响旁。

“谁寄来的？”

刚从厨房走出来的蓉蓉捧着温开水，靠在电视旁问。

看了她一眼，我将SHE的专辑外盒抽开。

“阿树。”

顿了一顿，她迟疑地又问了我一次：“你……你说谁？”

好不解，我抬头和她四目相接。

“阿树啊。”把头歪向了右肩，我一脸不解，“怎么了？”

“你……你叫他阿树。”嘴角边染上淡淡的笑意，她睁大双眼说，“你之前都叫他柳树的，你想起什么了吗？阿树这绰号是你取的，记起来了对不对？啊、啊哦哦，还是不要一次问你太多好了，免得你又头痛——”

“没关系。”痛就痛吧，“再痛我都要想起来。”

仔细想想才发现，不知道从什么时候开始我突然改叫他阿树了，连我自己都没发现这点，连我自己都没发现那份记忆的靠近。

扬起右边嘴角，我瞥了眼蓉蓉，随即动手将专辑中的光盘放入音响里。

设定到第六首，播放。

人无法决定　会为谁动心

但至少可以　决定放不放弃

我承认　我还是会爱着你

但我将永不再触碰这记忆

记得要忘记　忘记　经过我的你

毕竟只是　很偶然的那种相遇

不会不容易　我有一辈子　足够用来忘记

我还有一辈子　可以用来努力

我一定　会忘记你

两个五十分，相加了。

毫无疑问。

他的她，永远会是我。

Chapter 11

我们还有好几辈子　可以用来努力

我一定　不会再逃避　不会再放弃

也决不会　再被你忘记

我笑了。

当我发现歌词本里夹着一张写有这几句话的粉红色便条纸时，我笑了。

笑得眼角都冒“汗”了。

认真上过蓉蓉的周末回忆补习班之后，我还是没想起什么来。

好吧，严格上来说是有想起一些零碎片段，但每当我想更深入地想出更多记忆时，头痛就犯了。

很严重的那种，不是信誓旦旦说再痛也要想起来就能解决的那种。

果然还是太天真了啊。

叹了口气，我气馁地摇了摇头。

"还有时间在那边摇什么头啊你？"双手叉腰，右手还抓着一部DVD外壳，蓉蓉站在绿色客厅的电视机前怒视着我，"快来帮我放DVD啦，你家的电器用品都特别难懂。"

"一定要今天看吗？噢！会痛啊！"我伸手摸了摸头顶，生怕就这么被她用DVD的硬壳尖角给砸成脑残。

"废话！不知道这部片是谁要租的哦！"

"不是你吗？噢噢噢！不要激动啦，你大姨妈来了噢？！"我边骂边用双手护头、护胸、护屁股。

"这是你上上个礼拜天要我帮你租来的！上上个礼拜天，你知道你逾期快十五天了吗？存心想害我破产就对了！"

"哪有这么夸张——好啦好啦，我们现在就看啦。放下遥控器啊，放下！"

乖乖地放下手里那个本来要砸向我的遥控器后，蓉蓉全身上下散发着杀气，将DVD塞给我，并用眼神示意我快去开。

撇了下嘴，我拨开了DVD外壳。

刚要取出DVD光盘，门铃就大肆地响起。

被门铃声吓得全身大幅震动了一下，我惊魂未定地右手贴胸口，转头看向蓉蓉。

“看什么，还不快去开门。”

“……”好凶。

一边嘟哝着“凶什么啊，逾期的钱我来付就好了啦”，我一边迈步走向大门。

毫无防备的我就这么贴上大门中央的透明猫眼，看见门外的他。

阿树。

心跳漏了好几拍，我整个背都贴上了门边。

“谁啊？”

压下左眉还提高右眉，她满脸问号看着正做出一些诡异动作来提醒她小声一点的我。

“到底谁啊？”

声音又扩得更大声了，这智障。

见我露出一副无可奈何的虚脱样，她索性直接过来帮我开了大门，而我则躲在门后，只露出右边的脸让阿树看见我。

“来干吗？”蓉蓉沉着声音问。

哦哦……我还以为她会问“干吗来”咧。

“我、我我是想来、想来——呃，想、想来告诉你们……”在他支离破碎的话语里，我感觉得出他压力很大。

……不好意思噢，我刚刚惹她生气了。挑这时候来，算你倒霉。

“不好意思哦，这位先生，”倏地打断了他的混乱，蓉蓉再次换上一张后母脸出言询问，“你打算要酝酿多久才肯告诉我们？”

艰难地咽了一下口水，阿树下意识地撇了撇嘴。

“如果没话要说，就请回吧。”眯起双眼一副傲慢样，蓉蓉很有灰姑娘后母的气魄。

就在她准备将大门关上的那一刻，阿树瞪大双眼张大嘴巴一脸慌张地大喊了句：“成果发表展！摄影社的成果发表展！”

闻言后，我一脸疑惑，赶紧制止了蓉蓉关门的动作，并将关了一半的大门又一次拉开，和他对上目光。

“我、我是以摄影社社长的身份来告诉你们，我们社团的成果发表展即将在学校的中庭花园广场那边举行。下星期三哦，下个星期三。”强调了好几次，阿树露出一抹憨笑用右手比画出了个“三”。

而我则是和蓉蓉无言了好一会儿。

“你特地来这边通知我们这件事？”一脸很想笑的表情，我皱眉道。

“呃、呃——可以说是来诚挚邀请你们的，呵呵。”

笑得更憨了，他模仿起训练有素的黑衣管家，毕恭毕敬地将右手贴在左胸上，向我们微微鞠了个躬。

自以为黑执事。

“哦，谢谢你的邀请。”语气中一点谢意也没，蓉蓉用一贯没良心的态度向阿树假笑了一下，“没事的话就明天见吧，拜拜。”

“等等——”倏地出手扶住了大门，他和蓉蓉来了个拉门大对抗，“还有！我、我还有话要说！”

“明天再说就好啦，又不是明天停课！”再次后母上身，蓉蓉当场恼羞成怒了起来，“好了，你他妈的快给我滚！我们租了两个礼拜的DVD还没看，今天晚上七点以前没还回去就要扣款四百五，四百五！你再耽误下去我们会看不完啊混账！”

简直不用换气地撂完狠话后，蓉蓉试着照样摔门，但碍于阿树一脸悲壮地整个人站在门板和门框中间，所以她这下很难照摔不误。

……除非她想直接把阿树给夹成两半。

“再一下下就好，一下下，一下下！”冒着生命危险，他一脸坚决，“我这次想以柳树的身份来对芸芊说……”

“留着成发的时候说吧。”按捺不住地，我出声道。

“咦？”

“成果发表展啊，我很期待哦。”

眯着眼，我将头歪向一边，扬起嘴角。在他还来不及做出任何反应前，我当着他的面，关上了门。

不顾阿树在门外哀哀叫的声音，我拉着蓉蓉坐到电视机前，播放影片。

“芊芊？你确定……”

“嘘——影片开始了。”

“……”

再给我一点时间。

再给我一点下个星期三以前的时间，我会想起来的。

相信我，我可以。

……我不可以。

下个星期三就要想起一切，又是个大言不惭的谎言。

每天想得都快把自己给逼疯了，连蓉蓉也看不下去。

我恨我自己。

这期间，我唯一想起的就只有和阿树一起刷客厅墙壁的记忆。

像影片被按下播放键一样。

当我大半夜从棉被里爬起来，泡了杯热牛奶边喝边对着客厅那亮绿色的墙面发呆的时候，脑中的影片下载完成，自动播放。

“真的很旧了，这房子。”

环视着客厅的灰白色墙壁，刚搬进来和我同居的阿树伸手指了指墙面，又抬头示意我看向天花板边缘的金边。

原本该金黄亮眼，而今却只剩下断断续续黯淡金黄的色块贴在上面。

“哟——对啊。”双手刻意交叉在胸前，我压低了下巴看着他，“之前都想说自己太矮，又不敢爬梯子，所以刷不到天花板，就一直没去买油漆回来动手刷。”

双手半掩着嘴，我将头歪向了左边说道：“既然老公都提议了，我们就现在去买吧。”

“现在？”看了看手表，“不会太晚吗？都七点多了啊。”

看着他那张担心东又担心西的表情，我无奈地翻了个白眼，双手叉在腰际，说道：“拜托哦，你老人家啊？又不是九点钟就赶着睡觉了哦。”

叹了口气、摇摇头，我抓起钥匙在他面前来回晃，自顾自地就朝着门外走了出去，笃定他会忠心耿耿地跟过来。

事实证明他够忠心，也够听话，不论是对于我提议的同居，又或者是跟着我到附近的家乐福去负责提油漆。

后来，经过大卖场油漆部服务员热心过头的强力推荐，我们傻愣愣地买了三罐光用想就知道颜色刷起来会很想吐的无臭乳胶漆。

我怀疑这根本是那位服务员的战术，搞得我们头晕偏头痛，想也没再多想就随便提了三桶去结账。

心机真重。

一直到回家刷上墙后，我们才发现，那种我原本以为不会很糟糕的亮绿色还真够糟糕。

更糟的是和我一起上漆的人。

“欸，我有说过吗？”

右手抓着油漆刷，左手提着油漆桶，阿树在我们连续沉默了十五分钟后，忽然对上我的目光，还有头没尾地问向我。

“什么鬼？”

我被他突如其来的发言给吓得差点要去喝符水收惊。（符水：道教名词。画符箓或烧符箓于水中，谓饮之可以疗痛。）

慢慢放下了那沾满油漆的油漆刷，他动作轻柔地抚上了我脸颊，眼神迷离地开口道：

“你的脸啊。”

听见他那句不明不白的回答，看见他那柔弱的神情，我一脸呆滞，过了几秒才终于结结巴巴试着问清楚：“我、我的脸，怎样吗？”

“变绿了。”

弯着腰，他看着我一时呆住的表情狂笑，同时加重了手掌的力道，由原先的轻抚变为后来的用力搓捏。

亮绿色的油漆渍就这么从他手掌完完整整转印到我脸上。

想到这，我还以为下一秒我会把整桶油漆给灌进他嘴里的，但结果没有。

结果我只是笑笑地说了句“我去洗脸”如此而已。

……疯了吗？是在做作什么啊我？！

难怪，难怪阿树会觉得以前的我，假过了头。

我恨我自己。

约定好的下个星期三到了，花花绿绿的摄影作品摆在了眼前，我却还是脑袋空空，除了漆墙面时的记忆外，什么也没有。

我开始怀疑其他部分的记忆是不是真的存在。

“我开始担心了。”

“嗯？”正帮我介绍作品介绍到一半的阿树扭头看向我，“担心什么？”

“……”望向他的疑惑表情，我蹙眉，“你确定我真的是许芸芊？我、我是说——我到现在都还想不起来我们的事，好啦，我是有想起一丁点儿啦，可是、可是我……”

“噗。”

“笑什么啊，我很认真地在跟你讲呢！我是真的很烦……”

“好好好，冷静点哦，乖——”一把将我拉入怀，他在我耳边放软了语气，“我们以前的事是千真万确发生过的啊，但是你想不起来也没关系，永远想不起来也没人会怪你的啦。”

“可是这样会影响到我们以后……”

“以后是以后，以前是以前。”再一次，他以柔而不锐的态度截断了我正要说出口的担忧，并用很阿树的方式来替我化解，“对我来说，以前的事永远都和以后无关。我只知道，以后我们会一直在一起，这样就够了。”

“……”

对于我的沉默，他在我耳边笑出声地说：“你觉得还不够吗？”

随着他问出口的疑问句，我嘴角轻扬。

“够了。”

这样，就够了。

“嘿，芸芊。”就在我眯起眼，在他怀里开始昏昏欲睡时，他突然叫了我一声。

“嗯？”

睁开了眼，我将彼此的距离拉开了些，注视着他的双眼。

“带你去看个东西。”

“什么东西？”

“亲一个我就告诉你。”

他很不要脸地将食指抵在自己嘴唇上。

“那算了，我不想看了。”扬了扬眉，我笑道。

“管你的。”

边说着这三个字，他边拉起我的左手朝学校大礼堂跑。

沿路都是一排排的摄影作品，看得我眼睛花花的，差点左脚勾搭上右脚。

……和情人牵手奔跑的画面,还是不要配上跌倒会比较好,你知道。

跟着人群，我们慢下脚步往大礼堂那扇小门内走去，而阿树则放开了我，双手捂住我的双眸。

运用上那种很不适合我的小女人笑法，我“呵呵呵”了三声，说：“是惊喜吗？”

“当然喽，我很浪漫的哦。”

……后面那句就免了好吗？破坏气氛。

直到走入大礼堂，感觉四周的鼎沸人声逐渐变为稀稀落落的交头接耳声时，阿树才终于将他那双贴在我双眼上的手掌放下。

“锵、锵、锵、锵——”

在大礼堂的昏暗光线里，我看见四处都规律地摆放着一柜一柜的落地玻璃橱窗，而每个橱窗中，都打上了艺术亮灯来照亮橱窗内的摄影作品。

顺着阿树的手指方向看去，我才发现远处最高的那层讲台上，还放置了一个玻璃橱窗。

“啊——”这是我捂住自己下半边脸之后的第一个反应，在看见那橱窗内正挂着我的蠢呆照片时。

你他妈的王八蛋！一边在心里骂着，我一边做出了第二个反应——冲到礼堂的窗户旁扯窗帘。

“在干吗啊你！”他一个箭步上前，抓住我那双正忙着和窗帘厮杀的手。

“拿窗帘盖住那张蠢照片啊！”

照片里的画面，是我在听见他曾经是同性恋时露出的憨笑表情。

我不要啊——

我要叫蓉蓉来把在场的每个人都戳瞎!

“不、不要做傻事啊你！学校礼堂的窗帘都价值不菲，哦我的天！赔不起啊，快住手！”他那强而有力的双手将我转过身来面对他。

我双手捏上了他的双颊，低声威胁道：“那你现在、立刻、马上就去把那张照片给我撕下来，不然我现在、立刻、马上就把你脸皮给撕下来！”

“哦——”委屈地应了这么一声，他换上一脸贼笑，“要我去把照片撕下来是OK啊，但是你要给我亲一……”

一把拉过他胸口那条蓝黑相间的领带，我吻上了他。

暴力式啄吻。

灼热的温度在我双唇上缓缓绽放开，我隐隐感觉得到他神经有多么紧绷。

心脏跳动的频率渐增，我都开始担心会不会突然暴毙。

就快窒息的我忍不住还是拉开了四片唇瓣的距离。拉开几厘米后，他刻意将额头贴上了我的额头。

"你……刚刚，"低沉的嗓音，这一刻他笑得诡异，"是不是只亲到我嘴角而已啊？"

"……一定要这么煞风景吗？"

两眼几乎就要放出怒火，我瞪死他。

"哈。"摸着我的额头，他窃笑着，并趁我还没用头攻击他之前，重新吻上了我的双唇。

然而这次的吻并不唯美，因为唇与唇才交缠到一半我就哀号了。

"你咬我！"

我尽量压低音量抚嘴惊呼。

"哦，原来那是你的肉哦？"一脸恍然大悟，他不好意思地搔了搔后脑勺，"我就想说怎么咬到什么东西软软的……很痛吗？"

想也没多想，我的手就朝他头顶中央直直劈了下去。

露出一副好像刚被围殴过的委屈样，阿树揉了揉头顶，又对我憨笑。

"欸，第一次，难免嘛，不然我们再试一次，再试一次好了？"

"谁理你啊，不会去跟自己再试一次噢？"抿紧嘴，我磨了磨牙。

"哎哟，那样很变态啊。好啦好啦，小芊芊最乖了，哦？"

翻了翻白眼，我双手抱胸说："谁跟你小芊芊？"

"哦哦——好嘛——"

双手合掌在胸前，他像只小狗狗在我面前摇尾乞怜。

看着他那张狗脸，我还是禁不住笑了出来。

“好吧，看你可怜。”

就在秒针跳跃晋级的那一刻，我们总算成功贴合了彼此的双唇。

总算懂得温雅，总算懂得轻柔。

两个五十分，相加了。

毫无疑问。

他的她，永远会是我。

——全文完

后　记

在无声之中你拉起了我的手
我怎么感觉整个黑夜在震动
耳朵里我听到了心跳的节奏
星星在闪烁　你会怎么说

你已经有她就不应该再有我
世界的纯真此刻为你有迷惑
我想我应该轻轻放开你的手
我却没有力气这么做

我却没有力气

这么

做

当初芸芊这角色的设定，是从梁静茹的这首歌而来的。

一个被感情牵着鼻子走的女孩。

刚开始动手写出开头，我以为我会将芸芊塑造成一个带有悲剧风格、淡淡忧伤的角色，只是连我自己也控制不住，她就这么逐渐染上了阳光。

当我发现时，指尖下的情节已经走了很远。

回不来，也没必要回来了。重看了一遍文稿，我笑着如此认为。

偶尔的歇斯底里，偶尔的愤世嫉俗，芸芊发展成了我从未想象过的个体。

超越了我原本给她的狭隘定义。

很棒的一种感觉。

好像芸芊自行跳出了我的想象，独立地将剧情带向她希望的走向。

甚至我一度错以为是她将故事装进我脑海，而我只是个代笔人员，负责一笔一画描刻出芸芊的从前、现在和将来。

想起来，连我都想笑自己。

在写稿期间，我曾怀疑芸芊发病时的一切，会不会其实我也会？

或者其实我们都会？

一个人，以缓慢的速度更替步伐，将身边擦身而过的人们扭曲。

把一切都扭曲、隔绝起来。

全世界只剩一个人，只剩一个我。

我专注地走，没有被人群淹没。我只是选择不看见其他人，我只是不在乎别人是否看见我。

多自己，多自由。

许芸芊，让我发现这样的一个我。

原来，可以自由。

梦若妍